오규원 시

전집

2

오규원 시전집 2

초판 1쇄 발행   2002년 2월 26일
개정증보판 1쇄 발행   2017년 5월 30일
개정증보판 2쇄 발행   2021년 2월 19일

지은이 오규원
펴낸이 이광호
펴낸곳 ㈜문학과지성사
등록번호 제1993-000098호
주소 04034 서울 마포구 잔다리로7길 18(서교동 377-20)
전화 02) 338-7224
팩스 02) 323-4180(편집) / 02) 338-7221(영업)
전자우편 moonji@moonji.com
홈페이지 www.moonji.com

ⓒ 오규원, 2017. Printed in Seoul, Korea

ISBN 978-89-320-3000-5 04810
ISBN 978-89-320-1311-4 (세트)

이 도서의 국립중앙도서관 출판예정도서목록(CIP)은 서지정보유통지원시스템 홈페이지(http://seoji.nl.go.kr)와
국가자료공동목록시스템(http://www.nl.go.kr/kolisnet)에서 이용하실 수 있습니다.
(CIP제어번호: CIP2017008988)

오규원 시 전집

2

문학과지성사

오규원 시전집 2

| 차례 |

사랑의 감옥

오늘의 메뉴 / 19

4월이여 식탁이여 / 20

하늘 아래의 生 / 21

사랑의 대낮 / 22

이상한 새 / 23

원피스 / 24

길 밖의 물 / 25

아스팔트 / 26

그는 아직도 팔굽혀펴기를 하고 있다 / 27

사막 1 / 28

사막 2 / 30

物證 / 31

비디오 가게 / 32

당신의 몸 / 34

간판이 많은 길은 수상하다 / 36

길목 / 37

저 여자 / 40

그 여자 / 42

사랑의 감옥 / 43

明洞 1 / 44

明洞 2 / 45

明洞 3 / 46

明洞 4 / 47

明洞 5 / 48

두 개의 낮달 / 49

다라니경 / 51

젖지 않는 구두 / 52

하늘엔 흰 구름 떠돌고 / 55

세계는 톡톡 울리기도 한다 / 57

목캔디 / 58

제라늄, 1988, 신화 / 60

바다로 가는 길 / 63

바쁜 것은 바람이다 / 65

WENG WENG / 66

목수네 아이 / 68

짐승의 시간 / 70

이토록 밝은 나날 / 71

너 / 78

牧丹 / 79

역사를 찾아서 / 80

朴殷植之墓 / 81

十全路의 밤 / 82

別曲 / 84

호모 사피엔스 출신 / 85

환멸을 향하여 / 86

빈 컵 / 87

후박나무 아래 1 / 88

후박나무 아래 2 / 89

후박나무 아래 3 / 90

풀의 집 / 91

절벽 / 92

테크노피아 / 93

깡통 / 94

개똥참외 / 97

空山明月 / 98

풀밭 위의 식사 / 99

房門 / 101

따뜻한 그늘 / 103

무덤 / 104

아카시아 / 106

누란 / 107

한 잎의 女子 1 / 109

한 잎의 女子 2 / 110

한 잎의 女子 3 / 111

손 / 112

세헤라쟈드의 말 / 113

길, 골목, 호텔 그리고 강물 소리

보리수 아래 / 117

길 / 118

저기 푸른 하늘 안쪽 어딘가~ / 119

대방동 조홍은행과 주택은행 사이 / 120

안락의자와 시 / 121

입구 / 123

집과 길 / 124

안과 밖 / 127

사당과 언덕 / 129

물과 길 1 / 130

물과 길 2 / 131

물과 길 3 / 132

물과 길 4 / 133

물과 길 5 / 134

비둘기의 삶 / 135

무릉 / 138

조주의 집 1 / 140

조주의 집 2 / 141

조주의 집 3 / 143

뜰의 호흡 / 145

뜰 앞의 나무 / 147

1994 / 148

초록 스탠드와 빨간 전화기 / 150

마을을 향하여 / 151

우주 1 / 152

우주 2 / 153

우주 3 / 154

우주 4 / 156

애인을 찾아서 / 157

지는 해 / 158

소년과 나무 / 159

제비꽃 / 160

들찔레와 향기 / 161

방 / 162

새 / 164

꽃과 그림자 / 165

거리의 시간 / 167

외곽 / 168

1991. 10. 10. 10:10∼10:11 / 170

그의 방 / 171

숲속 / 173

잘생긴 노란 바나나 / 174

밥그릇과 모래 / 175

그림과 나 / 176

횔덜린의 그 집 / 178

民畵 1 / 179

民畵 2 / 181

民畵 3 / 183

시월 俗說 / 185

잡풀과 함께 / 186

나와 모래 / 188

두 장의 사진 / 192

상징의 삶 / 195

탁탁 혹은 톡톡 / 196

토마토는 붉다 아니 달콤하다

사방과 그림자 / 201

식탁과 비비추 / 202

토마토와 나이프 / 203

하늘과 돌멩이 / 204

밤과 별 / 205

물물과 높이 / 206

안개 / 207

호텔 / 208

강 / 209

돌 / 210

나비 / 211

새와 길 / 212

지붕과 창 / 213

하늘과 집 / 215

하늘 / 216

골목 1 / 217

골목 2 / 218

오후와 아이들 / 219

시작 혹은 끝 / 220

길 / 224

양지꽃과 은박지 / 225

장미와 문 / 226

벼랑 / 227

여자와 아이 / 228

들찔레 / 229

새콩덩굴과 아이 / 230

하나와 둘 그리고 셋 / 232

아이스크림과 벤치 / 235

새와 집 / 236

처음 혹은 되풀이 / 237

칸나 / 242

물물과 나 / 243

빈자리 / 244

절과 나무 / 245

부처 / 246

잠자리와 날개 / 247

산 a / 248

산 b / 249

오늘과 아침 / 250

봄과 길 / 251

자작자작 / 252

나무 / 253

나무와 해 / 254

꽃과 새 / 255

고려 영산홍 / 257

염소와 뿔 / 258

박새 / 259

산 / 260

비 / 262

사루비아와 길 / 263

|동시집| **나무 속의 자동차**

방 / 267

3월 / 269

여름에는 저녁을 / 271

참새 / 273

책상과 화분과 꽃 / 274

밤 1 / 276

밤 2 / 278

가을 / 280

내가 꽃으로 핀다면 / 281

강 / 283

조그만 돌맹이 하나 / 286

이른 봄날 / 287

바닷가 마을 / 289

그늘 / 291

일요일 아침 / 293

여름 한나절 / 294

국화와 감나무와 탱자나무 / 296

새와 나무 / 298

수수빗자루 장수와 가랑잎 / 300

산 / 302

그 다음 오늘이 할 일은 / 303

길 / 305

뜰 / 307

나무 속의 자동차 / 309

봄날의 산 / 311

하나의 꿈을 위해 / 312

숲속에서는 / 314

5월 31일과 6월 1일 사이 / 316

계획서를 보며 / 318

하늘에서 / 320

봄을 위하여 / 322

한 그루 나무에서 들리는 소리 / 324

한 마리 새가 날아간 길 / 326

포근한 봄 / 328

한 마리 나비가 날 때 / 329

방아깨비의 코 / 331

꿈꾸는 대낮 / 332

빨강 아니 노랑 / 334

노루와 너구리 / 335

따스한 겨울 / 336

새와 나무와 새똥 그리고 돌멩이

호수와 나무 / 341

나무와 돌 / 342

양철 지붕과 봄비 / 343

허공과 구멍 / 344

하늘과 침묵 / 346

골목과 아이 / 347

사진과 나 / 348

그림과 나 1 / 349

그림과 나 2 / 350

그림과 나 3 / 351

하늘과 두께 / 352

몸과 다리 / 353

아이와 망초 / 354

그림자와 나무 / 355

숲과 새 / 356

해와 미루나무 / 357

강과 둑 / 358

강과 나 / 359

둑과 나 / 360

강변과 모래 / 361

강과 강물 / 362

강과 사내 / 363

지붕과 벽 / 364

집과 허공 / 365

거리와 사내 / 366

길과 아이들 / 367

도로와 하늘 / 368

유리창과 빗방울 / 369

아침과 바람 / 370

꽃과 그림자 / 371

풀과 돌멩이 / 372

그림자와 길 / 373

나무와 잎 / 374

하늘과 포도 덩굴 / 376

서산과 해 / 377

9월과 뜰 / 378

국화와 벌 / 379

나무와 나무들 / 380

뜰과 귀 / 381

새와 나무 / 382

발자국과 깊이 / 383

새와 낮달 / 384

돌멩이와 편지 / 385

편지지와 편지봉투 / 386

사람과 집 / 387

봄밤과 악수 / 388

타일과 달빛 / 389

서후와 길 / 390

접시와 오후 / 391

눈송이와 전화 / 392

집과 주소 / 393

모자와 겨울 / 394
사진과 명자나무 / 395
집과 소식 / 396

두두

그대와 산 / 399
봄과 밤 / 400
4월과 아침 / 401
봄날과 돌 / 402
봄과 나비 / 403
베고니아와 제라늄 / 404
라일락과 그늘 / 405
강 건너 / 406
꽃과 꽃나무 / 407
나무와 햇볕 / 408
조팝나무와 새떼들 / 409
빗소리 / 410
아이와 강 / 411
층층나무와 길 / 412
산과 길 / 413
덤불과 덩굴 / 414
여름 / 415
여자와 굴삭기 / 416
한낮 / 417
식빵과 소리 / 418
저녁 / 419

길과 길바닥 / 420

풀과 돌멩이 / 421

쥐똥나무와 바람 / 422

발자국과 길 / 423

새와 그림자 / 424

새와 날개 / 425

나무와 허공 / 426

바람과 발자국 / 427

겨울 a / 428

겨울 b / 429

지빠귀와 잡목림 / 430

눈과 물걸레질 / 431

고요 / 432

아이와 새 / 433

빗방울 / 434

강변 / 435

여름 / 436

오후 / 437

길 / 438

해가 지고 있었다 / 439

처서 / 440

빛과 그림자 / 441

쑥부쟁이 / 442

구멍 하나 / 443

가을이 왔다 / 444

부처 / 445

새가 울지 않고 지나갔다 / 446

잣나무와 나 / 447

마흔여덟 통의 사랑편지와 다른 한 통의 사랑편지 / 448

제목 색인 / 450

사랑의 감옥

1991

오늘의 메뉴

오늘은 안쪽에 놓인 식탁에서 식사를
하리라 그늘이 따뜻한 곳에서 식사를
하리라 그늘이 따뜻하지 않으면 내가 몸으로
그늘을 데우며 천천히 그리고 넉넉하게
그늘과 함께 식사를 하리라 광화문이나
남대문시장이나 난장 또는 신길동의 지천에
깔려 기고 있는 공약의 세월과 그늘이여
창가의 식탁은 하늘을 사랑하는 사람들이
앉도록 두고 보거나 가는 방향이 모두
길인 땅을 아는 사람들이 앉도록 두고
공약의 식탁과 벽과 벽 사이 그늘이
깊은 곳을 찾아 찾아올 날들의 식사를 하리라
인적이 끊어진 길을 더듬으며 가보다가
앞이 보이지 않으면 길가의 풀밭에 편히
앉으리라 날이 저물면 다시 나와 해가
뜰 때를 기다리리라 그러나 너무 늦게까지
기다리는 일은 없으리 해가 너무 늦게 뜰 때면
안쪽에서 내가 흑점이 되어 일어나리라

4월이여 식탁이여

비워둔 식탁 위에 무슨 일이
있나 숟가락과 젓가락이
더 낮게 앉고 그렇게
고단한 꿈인지 숟가락 밑에
녹이 한 번 더 슬고
슬고 있는 녹 사이를 이른 땅 위의
그늘이 젖고
땅 위의 봄이 창밖에
버려진 플라스틱 병 안까지 비를
한 번 더 들이밀고

얼마나 오래 마모되었는지
그것도 이름이 봄이던가 이름이 4월이던가
인간의 봄이 너덜너덜한 몸으로
의자를 끌고 와 식탁 곁에 앉고

하늘 아래의 生
──팬지꽃

아파트 공사가 한창입니다
먼지가 풀썩풀썩 납니다
하나, 둘, 여섯, 아홉, 열두울, 열여섯……
포크레인에 밀치는 돌덩이처럼 나는
트럭에, 널빤지에, 시멘트 포대에
밀립니다 15층 높이를 오르내리는
인부들 어깨 사이로 태양도 혼자
밀립니다 아파트 공사장 한쪽 귀퉁이
널빤지 밑에
전설처럼 팬지꽃 하나

밀리는 태양처럼 팬지꽃 하나
나를 쳐다보며

사랑의 대낮

솟구치는 질경이는 잎 뒤의 햇볕을
어디에다 두었나 잎 뒤가 텅 비었다
송장풀과 개비름은 잎 뒤의 그림자를
어디에다 숨겨두었나 그림자가 없는
육체라니! 숨긴 그림자 속에 무엇을
숨겨두었나 허물어진 아파트 단지
외곽의 땅이 개쑥갓과 쑥부쟁이처럼
부풀고 있다 드러누워 기고 있는
외풀은 다리를 어디에다 숨겨두었나
(그곳에 나는 오늘 가보고 싶다)
野古草와 바랭이는 허리를 어디에다
숨겨두었나 어디에다

이상한 새

나는 아파트 단지를 매일 서너 바퀴
돌았다 아파트 창들이 무덤처럼
소곤거렸다 설화의, 살아 있는 새가
순간 지상을 향해 날아올랐다 껌껌한

빛이 아파트 건물 뒤에 가려졌다

원피스

여자가 간다 비유는 낡아도
낡을 수 없는 生처럼 원피스를 입고
여자가 간다 옷 사이로 간다
밑에도 입고 TV 광고에 나오는
논노가 간다 가고 난 자리는
한 物物이 지워지고 혼자 남은
땅이 온몸으로 부푼다 뱅뱅이
간다 뽕뽕이 간다 동그랗게 부풀어
오르는 땅을 제자리로 내리며
길표양말이 간다 아랫도리가
아랫도리와 같이 간다
윗도리가 흔들 간다 차가 식식대며
간다 빈혈성 오후가 말갛게 깔리고
여자가 간다 그 사이를 헤집고 원피스를 입고
낡은 비유처럼

길 밖의 물

나는 지금 샛강에 서 있다
샛강은 길 밖의 물이요 물 밖의
길이라 이곳에서는 나도
길 밖의 물이요 물 밖의 길이다
그 물 속
그 길 위에

엉겅퀴와 개쑥갓 사이에 숨고 싶은 물과
엉겅퀴와 개쑥갓 사이에 숨겨지는
다 타지 못한 이제는 시대의
낡은 사랑 같은 연탄의 불기와
버려져 뒹구는 구두 속에 함께 흙에 묻히는
하늘의 밑창과
썩지 못한 콘돔처럼 방기된 새와
방기된 새처럼 날고 있는 물냄새의

샛강과 그리고 나는
여의도를 바라보다 물꼬를 놓쳐버린
물처럼 서서
그래도 물소리에 등을 밀리며

아스팔트

잘 다져진 아스팔트 길, 그 위로
    아이들이 삼삼오오 유치원을 갑니다
    아이들이 삼삼오오 국민학교를 갑니다
    중학교를 갑니다 고등학교를 갑니다
    대학교를 갑니다

하자가 생기면 보수를 서두르는 길
안전 수칙이 정해진 길
    아이들이 그 길로 다시 돌아옵니다
    내일 다시 갈 그 길로 돌아옵니다
    어른들이 자동차를 타고 돌아옵니다
    사람들을 따라 지상의 시간도 돌아옵니다

궁륭 밑 그 길
길 밖의 나무가 망설이며
잎을 떨어뜨리다 멈추는 그 길

그는 아직도 팔굽혀펴기를 하고 있다

──영화 「뮤직 박스」 이후

건강한 정신은 건강한 육체에
깃든다며 그는 어린 손자와 함께
방바닥에 엎드려 팔굽혀펴기를
하고 있다 젊었을 때 독일 친위대의

특수과에 근무하며 자기 나라 헝가리
사람들을 돼지 잡듯 칼로 찌르고
금품을 강탈하고 산 여자의 입을 벌려
금이빨을 뽑아내고 할 때도 어린아이를
총으로 쏘고 젊은 여자를 강간하고
국부를 담뱃불로 지지고 할 때도 그는
건강한 정신은 건강한 육체에
깃든다며 팔굽혀펴기를 부지런히 했다

전력을 감추고 미국에 이민 가서
아들딸 낳아 기르면서도 아이들이 자라
성인이 되고 변호사가 되고서도 같은
말을 되풀이하며 건강한 정신을 위해
팔굽혀펴기를 했다 전력이

고발되고 재판에 회부되어서도 그는

딸에게 변호를 부탁하고 증인으로 나온
여자가 얼굴에 침을 뱉어도 눈 하나
깜짝하지 않고 자기는 훌륭한 시민이라고
아니라고 고개를 치켜들고 부인했다 딸이
사실을 알고 있다고 말해도 부인하면서

젊은 여자를 강간하고 국부를 담뱃불로
지지며 배 밑에 대검을 꽂아놓고
발가벗긴 여자에게 건강한 정신은
건강한 육체에 깃든다며 팔굽혀펴기를 시키며
즐거워한 그때처럼 손자에게 같은 말로
운동을 가르치고 있다 라즐로氏

한국명 羅卽奴씨 전력을 감추고 한국에
이민 온 그가 맑은 햇볕 따스하게
유리창을 파고드는 아늑한 거실에서 손자와
아직도 팔굽혀펴기를 하고 있다

28

사막 1

타클라마칸 사막에도 사람이 산다
모래의 우주 行間에 인간이 산다
팔이 둘 다리가 둘이다 아니 도리깨 같은
발가락이 열 개이다 우리 아버지와
똑같다 나와 똑같다 눈이 둘
옆으로 찢어진 입도 하나다!

니글니글한 양철 지붕 위의 호박
태양도 하나 얹혀 있다
타클라마칸
사막------------------------------

사막 2

타조 한 떼가 앞만 보고 무섭게 눈을 굴리며 뛰고 있네

신기루가 서 있네 태양도 서너 개가 한꺼번에 떠 있네
서쪽 신기루 숲의 마른 물냄새를 잡아채며

뜨거운 모래 사막에 푹 푹 빠지는 발을 번갈아 빼내며
휘청거리며

마땅히 앞은 길이요 희망이요 구원이니
앞의 새와 바람과 낙타가 너희를
즐거이 더욱 먼 사막으로 보내리니

타클라마칸 서울——————————————

物證

아프리카 탕가니카 湖에 산다는
肺魚는 학명이 프로톱테루스 에티오피쿠스
그들은 폐를 몸에 지니고도
3억만 년 동안 양서류로 진화하지 않고
살고 있다 네 발 대신
가느다란 지느러미를 질질 끌며
물이 있으면 아가미로 숨쉬고
물이 마르면 폐로 숨을 쉬며
古生代 말기부터 오늘까지 살아
어느 날 우리나라의 수족관에
그 모습을 불쑥 드러냈다
뻘 속에서 4년쯤 너끈히 살아 견딘다는
프로톱테루스 에티오피쿠스여 뻘 속에서
수십 년 견디는 우리는
그렇다면 30억만 년쯤 진화하지 않겠구나
깨끗하게 썩지도 못하겠구나

비디오 가게

비디오 가게 구석에 竹桃花
한 그루 서 있다 창밖은
금지된 장난처럼 햇볕이 가득하고
손님이 없는 가게 안의
플라스틱 盆은 어둠을 퍼 담고 있다
이곳에는 없는 사랑과 모험과 행복의
비디오테이프를 보면서
어둠에 자주 씻겨 竹桃花의
허리는 오히려 금빛이다
손님 없는 틈을 타 주인이
보고 있는 「七彩如來神掌」에서는
모래 바람을 일으키는 掌風이
地上을 까맣게 쓸고 간다
무엇을 보았는가 가지 위의 잎 하나
온몸으로 내리꽂히며
내 발등을 친다
나는 진열대에 꽂힌
「내 인생에 불을 밝혀준 그대」
곁에서
「파라다이스」 곁에서
「카인과 아벨」 곁에서

「지옥의 초대장」을 뽑아들고
잎들과 함께 竹桃花의
햇빛에게 길을 묻는다

당신의 몸

오늘 오후 나는 인조 수세미 석 장을 팔았습니다

'수출용'이라고 포장된 가위 하나
양변기 청소용 솔 하나
플라스틱 물통 둘을 팔았습니다

수세미 석 장 팔아 300원 벌었습니다
가위(꿈이 많았던 존재여) 하나에 230원
양변기 청소용 솔과 플라스틱
물통 둘을 팔아 520원 벌었습니다

수세미는 죽지 못하고 허물허물
찢어질 목숨입니다 가위는 부러져야 하고
양변기를 닦아야 하는 솔은 죽을 때까지
대소변을 가리지 못하고
플라스틱 물통 둘은 평생 몸이
마르지 못할 목숨입니다

당신이 지나가야 하는 육교 위에 이렇게
물건을 내장처럼 펼쳐놓고 있는 나도
내가 파는 물건처럼

땅 위에서 마르지 못할 몸입니다
당신은 무슨 몸의 말로 내 옆에 서 있습니까

간판이 많은 길은 수상하다

서울은 어디를 가도 간판이
많다 4월의 개나리나 전경보다
더 많다 더러는 건물의 마빡이나 심장
한가운데 못으로 꽝꽝 박아놓고
더러는 문이란 문 모두가 간판이다
밥 한 그릇 먹기 위해서도 우리는
간판 밑으로 머리를 숙이고 들어가야
한다 소주 한잔을 마시기 위해서도 우리는
간판 밑으로 또는 간판의 두 다리 사이로
허리를 구부리고
들어가서는 사전에 배치해놓은 자리에
앉아야 한다 마빡에 달린 간판을
보기 위해서는 두 눈을 들어
우러러보아야 한다 간판이 있는 곳에는
무엇이 있다 간판이 있는 곳에는
무슨 일이 있다 좌와 우 앞과 뒤
무수한 간판이 그대를 기다리며 버젓이
가로로 누워서 세로로 서서 지켜보고 있다
간판이 많은 길은 수상하다 자세히
보라 간판이 많은 집은 수상하다

길목

오늘 이 길에 와 있네 이 길에는
늙은 배추장수와 덤핑 책을 파는 삼십대
사내 하나가 나와 함께 있네 우리는 모두
길의 허리를 풀고 있네 그들도 나도
저 건너편으로 가기 위해서 살아 있는 새들이
잘 마른 햇볕에 새끼의 먹이를 데우는 일순처럼
땡볕 속에 서 있네

길 하나를 묶고 있는 것은 배추를 묶고 있는
몇 가닥의 새끼줄과는 달라서 늙은 배추장수도
이마에 땀을 흘리고 매듭이 어디에 있는지 모르는
덤핑 책장수는 길 뒤에 있는
복덕방만 힐끗거리네
이 길의 매듭이 건널목이 어디에 있는지
나도 물론 모르네 내가 아는 것은
배춧단이나 덤핑 책을 올려놓은 비닐 밑에서
숨어서 흐르는 물이 숨쉴 때 내는 소리 하나이네
그 소리가 내 어깨를 받치고 있지만 그 소리는
나보다 먼저 중심을 바꾸고 싶은
이 길의 나무들 잔가지가 가로채는지 자주 끊기네

지금 내가 아는 바는 저 배추장수가 벌여놓은 것은
겹겹이 둘러싼 잎이며 잎을 차례로 벗기면 그곳에
배추가 없다는 사실이네 배추의 잎들이 시드는
지상의 길 하나만 보인다는 사실이네 덤핑 책장수가
자주 보는 복덕방도 들어가는 문이 반대쪽에 있어
복덕방 안은 알 길이 없네

사실 같은 또는 그림 같은 사실의 오늘 이 길에는
배추장수와 덤핑 책장수와 내가 아주 잘 어울리네
시간은 이곳의 배추잎 같겠지만 배추잎이
없으면 시간도 보이지 않으리라
하루가 목마른 사람들은 이 시든 배추와 책장수도
믿지 않는 덤핑 책을 사려고 수고롭게 여기까지 오네
좌우의 가로수 사이로 아래 위의 집 사이로
교회와 판잣집 풀과 꽃 달과 별 사이로 오네
그러나 저 배추장수와 덤핑 책장수와
내가 가야 하는 저 건너쪽은 집만 보이고
먼저 간 사람들의 발자국이 보이지 않네

꿈은 모두 집이 좋아 방에 엎드려 있는지 집 밖으로는
사람들의 그림자도 드리워져 있지 않네

오늘따라 물통에 받아놓은 물조차 자주 엎지르는
배추장수와 모양을 바꾸다가 다친 나무들의
어깨 위에 숨은 별이 너무 반짝이는지 눈을 깔고
팔아야 할 책보다 길 따라 마르다가 다시 젖는
그늘을 보는 삼십대 사내와 함께 서서
나는 길 건너쪽에서 건너오는 강의 마른 물냄새와
이 길 위의 작은 돌들을 사내들 몰래 돌아눕히네

저 여자

좁은 난장의 길을 오가며 한 시간씩이나
곳곳을 기웃거리는 저 여자
월남치마를 입고 빨간 스웨터를 걸치고
한 손에 손지갑을 들고 한 손으로
아이들의 내복을 하나하나 들었다 놓았다 하며
이마에 땀을 흘리는 저 여자
시금치 한 단을 달랑 들고 그냥 가지도 오지도
못하고 망설이고 있는 저 여자
임신복을 둘러입고 배를 뒤룩거리며 정육점의
돼지갈비를 물끄러미 쳐다보는 저 여자
돼지갈비집에서 얻은 뼈다귀를 재빨리 비닐 봉지에
쓸어 담아 뒤돌아보며 가는 저 여자
양장점 앞을 피해 가는 저 여자
청바지를 입고 맨발로 슬리퍼를 끌고 나와
발뒤꿈치가 새까맣게 보이는 저 여자
간이 의자에 엉덩이를 걸치고 눈을 내리깔고
순대를 먹고 있는 저 여자
한 귀퉁이에 서서 이곳 사람이 아니라는 듯
초초하게 먼 하늘을 보고 있는 저 여자

질펀거리는 난장의 길 위로 타이탄 트럭에

싸구려 화분을 잔뜩 싣고 온 꽃장수의
치자꽃이 여기가 어딘지도 모르고 척 척 향기를
사방으로 풍기는
흐린 어느 봄날

·····················저 여자

그 여자

거울 속에, 그 여자는 구두를
　　　　벗어두고
거울 속에, 그 여자는 침대 위에 던져놓은
　　　　스타킹을 그냥 두고
거울 속에, 그 여자는 흐린 별을 보던
　　　　창을 두고
거울 속에, 별에 녹아버린 눈동자를
　　　　그냥 두고
그 여자는, 거울 속에 피우던 담배를
　　　　재떨이에 두고
　　　　연기 한 줄기도 두고
그 여자는, 거울 속에 꽃병에 시든
　　　　꽃을 그대로 두고
거울 속에, 그 여자는 마른 눈물을
　　　　화장대 위
　　　　손수건 사이에 두고

그 여자는 사라졌다 아득히
거울 밖으로

사랑의 감옥

뱃속의 아이야 너를 뱃속에 넣고
난장의 리어카에 붙어서서 엄마는
털옷을 고르고 있단다 털옷도 사랑만큼
다르단다 바깥 세상은 곧 겨울이란다
엄마는 털옷을 하나씩 골라
손으로 뺨으로 문질러보면서 그것 하나로
추운 세상 안으로 따뜻하게
세상 하나 감추려 한단다 뱃속의 아이야
아직도 엄마는 옷을 골라잡지 못하고
얼굴에는 땀이 배어나오고 있단다 털옷으로
어찌 이 추운 세상을 다 막고
가릴 수 있겠느냐 있다고 엄마가
믿겠느냐 그러나 엄마는
털옷 안의 털옷 안의 집으로
오 그래 그 구멍 숭숭한 사랑의 감옥으로
너를 데리고 가려 한단다 그렇게 한동안
견뎌야 하는 곳에 엄마가 산단다
언젠가는 털옷조차 벗어야 한다는 사실을
뱃속의 아이야 너도 태어나서 알게 되고
이 세상의 부드러운 바람이나 햇볕 하나로 너도
울며 세상의 것을 사랑하게 되리라 되리라만

明洞 1

명동 입구, 하고도 맑은 대낮

옛날 옛적에 박새가 날며
또는 굴뚝새가 날며 흔들어놓았을 나뭇가지 두어 개
아직도 멈추지 않고 그대로 흔들리고 있는
그 길로
들리지 않는 비비새나 두어새 소리 사이의 길로
지리산 화엄사의
그 不二門을
그 둘이 아닌 문을
멈추지도 않고, 뒤돌아보지도 않고, 주저하지도 않고
덜컥덜컥
사람들이 들어가듯

겁없이, 턱없이, 길없이
명동이 무슨 산의 門인지나 아는지
사람들이

明洞 2

안에서나 밖에서나 투명한 유리창 모두는
처음부터 하늘이 아니었으니
너는 무엇이었겠는가 내가 가며 닦는 이 길
좌의 테라스, 우의 청솔밭
우의 페페, 좌의 모모 사이로 난 길
후문으로 난 길도 사람들은
길이라 즐겁게 걷지 않느냐

피자 전문점으로 가는 길이냐
말구유 냄새가 나는 집으로 가는 길이냐
가는 곳이 오늘의 길이냐
묻지도 않고
느닷없이 이곳에 몰켜온 노랑나비 한 떼
내 머리 위로 왁자지껄 왔으니

낮달에 뿔을 걸고
본 적도 없는 거대한 코뿔소
한 마리가 저쪽에서 곧 오리니

明洞 3

사랑이란…… 줄무늬가 있고 층계가 있다. 층계 밑은 사랑이란…… 어딘가 있다는 은유이다. 반드시 사랑이란…… 올라가야 하고 보이기는 하지만 유리로 막힌 안의 세계여서 들어가자면 문을 자기 힘으로 당겨서 열어야 한다. 자기가 열고 들어가지 않으면 사랑이란…… 없다.

사랑이란…… 걸어가야 할 자리와 앉을 자리와 설 자리가 있다. 앉을 자리에 서면 사랑이란…… 흔들린다. 그런 자리마다 칸막이가 되어 칸막이 밑바닥은 서로 다리와 별을 숨기고 따로 불을 밝혀야 한다. 하늘은 칸막이 너머의 창으로 커튼을 열고 불러야 한다. 사랑이란…… 그렇다.

사랑이란…… 먼지가 하얗게 앉은 드라이플라워가 한쪽 구석에 밀려 있고 꺼진 전구가 낮달처럼 매달려 있다. 사랑이란…… 모든 불이 켜져 있지는 않다. 밖에서 오는 전언은 전화기를 든 사람에게만 들린다. 물론 사랑이란…… 여러 층층의 편지꽂이가 한쪽 벽에 있기도 하다.

Love is…… Café Love is……

明洞 4

반쪽만 빨간 구두 한 켤레가 간다
점점만 빨간 구두 한 켤레가 닿는
점점의 길을 끊으며
전폭적으로 검푸른 구두 한 켤레와
부분적으로 검붉은 구두 한 켤레와
나란히 가다가 에스콰이아 앞에서
    니나리찌 앞에서
    비제바노 앞에서
    브랑누아 앞에서
뒷굽을 들었다가 내리며 내렸다가 비틀며
기울며 나란하지 않게…… 그렇게

사랑이여, 길인 사랑이여, 길의 끝에서
만나는 섬의 심장이여, 말보다 먼저 지어놓은 절이여
너의 따로따로 외로운 육체는…… 그렇게

明洞 5

그대, 지금 어디에 서 있느냐
칠 센티미터 높이 하이힐의 중심은
어디로 기울어 있느냐 기운 쪽의
세계는 가브리엘이냐 플라멩코냐 아니면
밀라노이냐 길은 기운 쪽을 지지하리
어디로 발꼬락이 놓여 있느냐
발꼬락은 비좁은 하이힐 속에서
태아처럼 꼼지락거리리
그대, 지금 어디쯤 가고 있느냐
가브리엘의 동쪽은 어디이냐
메시지나 러브 보트의 개울에
무릎이 잠기는 물은 어떻게 건너느냐

두 개의 낮달

낮달이, 두려워라 두 개 떠 있네
서울 영신빌딩 더러운
지하 계단 입구 액세서리를 펼쳐놓은
여자의 귀밑

지하의 바다를 밀고 당기는
하늘의 달, 두려워라 저리 작게
구석에 밀려 아무도 못 보네
나도 그 밑에 서지 못하네

그녀 다시 보니 가면을 썼네
납빛 피부에 꺼멓게 뚫린 두 눈
큰 입은 유달리 붉네
그녀 얼굴 아무도 못 보았네

찾아오는 사람에게 그녀 묵묵히
액세서리만 파네 세상을 파네
귀밑머리 종종 날리며
지나가는 사람 부르지도 않네

서울의 그녀 양쪽 귀밑에서

두 개의 낮달, 두려워라
난폭하게 떠다니며 종일
서로 다른 바다만 밀고 당기네

다라니경

    똑똑똑, 나모라 다나다라 야야 나막알약 바로기제 새바라야(집을 찾다 문득 돌아보면 때로 나는 남대문시장에서 경을 외는 스님 곁의 길에 서 있나니, 똑똑) 모지사다바야 마하사다바야 마하가로 니가야(야, 네 옷 샀다는 집이 어디냐, 멀었냐? 아니 다 왔어. 씹할년 급하긴―) 옴살바 바예수 다라나 가마야 다사명 나막까리 다바이맘 알야(어제 저녁에 애 아버지가 크레디트 카드 청구서 날아온 걸 보더니 뭐랜 줄 알아? 후후후, 불 속에 집어던지겠대, 한 번만 한 번만 더 그러면…… 던지라지 뭐, 글쎄 누가 아니래?) 바로기제 새바라 다바 이라간타 나막하리나야 마발다 이샤미 살발타 사다남수반 아예염 살바 보다남 바바마라 미수다감 다냐타(어떤 관원이 물어 가로되 선한 선생님이여 내가 무엇을 하면 영생을 얻으리이까, 예수께서 이르시되 네가 어찌하여 나를 선하다 일컫느냐 하느님 한 분 외에는 선한 이가 없느니라, 저 사람 정말 바른말 한번 하네, 너 또한 선하지 않으리니― 좀 선해져라, 어때, 말되네, 말되지?) 옴 아로계 아로가 마지로가 지가란제 혜혜하례(야, 너 뭐 하니 빨리 와, 알았어! 간다니까 이것만 잠깐 보고) 마하모지 사다바 사마라 사마라 하리나야 구로구로 갈마 사다야 사다야 도로도로 미연제 마하 미연제 다라다라 다린나례 새바라 자라자라(네가 계명을 아나니 간음하지 말라, 도적질하지 말라, 거짓 증거히지 말라, 네 부모를 공경하라 하였느니) 마라 미마라 아마라 몰제예혜혜 로계 새바라 라아 미사미 나사야 나베 사미사미 나사야 모하자라 미사미 나사야 호로호로 마라호로 하레 바나마나바 사라사라 시리시리 소로소로(너, 어제 그 기집 어떻게 했어? 야아, 거 다 아는 이야기 그만 하라우, 수입 상가에 어제 갔는데 말야 그치가 준 것들 거기에서 제일 싸구려만 골라줬지 뭐야!) 못쟈못쟈 모다야 모다야 매다리야 니라간타 가마사 날사남 바라하라나야 마낙 사바하 싯다야 사바하(저 쭝놈이 뭐라고 쭝얼대고 있는 거야? 낸들 알아, 모르면 가만있어…… 이것은 내가 어려서부터 다 지켰었나이다, 예수께서 이 말을 들으시고 이르시되 네가 오히려 한 가지 부족한 것이 있으니 네게 있는 것을 다 팔아 가난한 자들을 나눠주라 그리하면 하늘에서 보화가 네게 있으리라…… 아이, 아까워 바가지 썼나 봐) 마하싯다야 사바하 싯다유예 새바라야 사바하 니라간타야 사바하 바라하 목카 싱하목카야 사바하 바나마 하따야 사바하(……그때 그랬어야 좋았을 걸 그랬어요, 그때 그랬어야 좋았을 걸 그랬어요, 처음 본 그 순간 할 말을 잊었소, 간다고 할 때 잡지를 못했어, 그때 그랬어야 좋았을 걸 그랬어요……) 자가라욕타야 사바하 상카섭나녜 모다나야 사바하 마하라 구타다라야 사바하 바마사 간타이사 시체다 가릿나 이나야 사바하(듣는 자들이 가로되 그런즉 누가 구원을 얻을 수 있나이까, 그런즉 누가 구원을 얻을 수 있나이까) 먀가라 잘마이바사나야 사바하 나모라 다나다라 야야 나막알야 바록기제 새바라야 사바하 나모라 다나다라 야야 나막알야 바록기제 새바라야 사바하 나모라 다나다라 야야 나막알야 바록기제 새바라야 사바하, 똑똑똑, 똑또르르.

젖지 않는 구두

한 사내가 번뜩이며 급히
내 앞을 가로질러 간다 한 여자가
어깨를 무너뜨리며 급히 비껴 선다 지랄하네
이쑤시개를 물고 혹은 입맛을 쩝쩝
다시며 함께 몰려오던 일단의 사내들이
서로 쳐다보지도 않고 길을 간다
이마 위로 호텔의 만국기가 주르륵 밀리고
남산의 허리가 시꺼멓게 구멍이 뚫린다
그래도 남산은 무너지지 않는다 나도
길을 하나 만든다 길은 사람을 다치기 싫어
자꾸 구불거린다 내가 만든 길 옆의 서울
음파사는 사랑하는 옥경이를 찾아 고함을
지른다 옥경이가 아닌 여자들이 이빨을
반짝거리며 사랑의 매듭을 훑는다 그런데
말이야 아 그 개 같은 자식이 날 우습게
생각하나 봐 너 그 남자와 끝났다고
했잖아 나 참 그치가 정치가라고
우리나라에도 정치가가 있어? 웃기지 마
웃기지 마 플라타너스가 잎을 하나 떨이뜨린다
빗방울이 바겐세일처럼 사방의 몸을 치며 떨어진다
비를 피해 급히 달리는

사람들은 발이 젖지 않는 구두를 신었다

하늘엔 흰 구름 떠돌고

공중전화 부스 옆에서 한 아이가
울고 있다 칸칸의 부스 안에는
제각기 간절하고 급한 어른들이
전화선에 매달려 혹은 손짓하고 혹은
발짓하고 아이스콘을 빨다 울고 있는
아이의 목줄기로는 눈물보다 차가운
얼음물이 벌겋게 흘러내리고 거리를
떠도는 아이의 시선을 지나가는 사람들이
툭툭 치며 간다 그럴 때마다 아이의
눈에서 눈물이 쭐쭐 나온다 저 아이는
아마도 한국에서 태어나 혼자일 때
하느님과 통화하는 방법을 모르리라
저기 바라보이는 성당에는 하느님과
직통 전화가 가설되어 있으리라 그러나
공짜로는 안 되리라 한 사내가 아이 곁에
앉아 무어라고 달래지만 아이는 고개를
저으며 한사코 운다 울긋불긋 유명 메이커
상표의 타이탄 한 대가 서더니 아이를
밀치고 음료수 상자를 처척 쌓는다 상자가
하늘을 오르기 시작하더니 아이는 금방
간 곳 없고 하늘엔 흰 구름 두둥실 떠돌고

상자 가득 얼굴이 누우런 오렌지 주스
병들은 출동 직전 서울의 전경처럼

세계는 톡톡 울리기도 한다

한 남자가 가운데가 접힌 식단표 사이로
머리를 박는다 한 여자가 즐거운 얼굴로
남자의 세계를 건너다본다 건너다보는
세계는 아름답다──고 누가 말했다면 나는
이 순간을 위해 믿고 싶다 그사이 벽을 타고
기어 내려오던 고고 한 가락은 힘에
부치는지 여자의 목을 잡고 늘어진다 오오
나는 당신께 사랑을 원하지 않았어요──
한 남자가 고개를 들고 여자를 보며
뭐 먹을래 한다 한 여자는 먹지 않아도
배부른 표정으로 당신 먹고…… 한다
주문받으러 오던 사내가 창가에 멈춰 서서
발장단을 치며 그대 모습 오늘따라
어제 같지 않아 어제 같지 않아 한다 창밖엔
하늘 대신 튼튼한 옆집이 가리고 있다
펄럭이지 않는 커튼이 정말 믿음직하다
남자는 다시 식단표 사이로 고개를 처박고
여자는 손가락으로 식탁을 가볍게 톡 톡
친다 세상이 저렇게 가볍게 톡 톡 울린다
고 누가 말했다면 이 순간을 위해
내가 믿지 못할 이유를 누구에게 물어보랴?

목캔디

사랑하는 그대가 아 그대가
롯데 목캔디를 먹는다

그대가 나를 보면서 롯데
목캔디 뚜껑을 연다 함께
입을 아 하고 벌리며
입속에 바람을 넣고 연다
아름답게 인쇄된 모과 엑기스와
천연 허브향 첨가라는 말의 진실도
엉덩이를 반쯤 들다가 세계의
중심을 잃는다 이제 그대는
나를 보지도 않는다 뚜껑이
반쯤 열린 통 안에서 캔디들이
무방비 상태로 속옷 차림으로
갇혀 있다 그대가 입속의
바람을 빼내며 서슴없이
캔디 하나를 잡아챈다 속옷을
좌악 찢고 알몸의 캔디를
입속에 집어넣으며 침을 삼키며
나를 보고 웃으며

사랑하는 그대가 아 그대가
롯데 목캔디를 먹는다

그대는 나를 보며 웃고
기고 있는 담쟁이가 거머쥐고 있는 흐린 하늘
어디선가 누가 죽고 있다
누가 발가벗긴 채

제라늄, 1988, 신화

생각하면, 피부도 자연의 일부……
드봉 미네르바
브라 스스로가 가장 아름다운 바스트를 기억합니다
비너스 메모리브라
   국회의원 선거 이후 피기 시작한
   아이비 제라늄이 4, 5월이 가고
꽃과 여인, 아름다움과 백색의 피부,
그곳엔 닥터 벨라가 함께 갑니다, 원주통상
   6월이 되었는데도 계속 피고 있다
착한 아기 열나면 부루펜시럽으로 꺼주세요
   여소야대 어쩌구 하는 국회가
까샤렐──빠리쟌느의 패셔너블센스
   개원되고 5공비리니 광주특위의
사랑의 심포니──상일가구
   말의 성찬이 6월에서 7월로 이사하면서
LEVI'S THE BEST JEANS IN THE WORLD
   가지가 부러지고 잎이 상했는데도
태림모피는 결코 많이 만들지 않습니다
그리고 최고가 아니고는 만들지 않습니다
   제라늄은 계속 피고 있다 베란다에서
송수화기 들지 않고 전화를 걸 수 있습니다

오토감마 500
　　　　한 줄기에서 꽃이 지면 다른 줄기에서
당나라의 양귀비가 실크로 가슴을 감싼 지가 1287년이 지난 오늘
이제 당신도 진짜 실크로 만든 란제리를 즐길 수 있게 되었습니
다, 실버벨
　　　　일어서고 무슨 역사를 말하려고 하는지
　　　　이어서 피고 있다 떨어진 꽃잎은 이제
사랑스런 아가에겐 엘핀스를!
아빠에겐 승용차를!
라라 엘핀스 사은 잔치
　　　　땅에서 쉬리라 나자로 마을의
표현하지 못할 개성은 없다, 오스카화장품
　　　　한 사내처럼 죽어서 편하지 못한 꽃잎도
　　　　쉬기는 쉬리라
비타민 E를 온몸에 바르면 어떨까요?
애경폰즈
　　　　목을 길게 내민 제라늄 어깨 너머로 외로운
감성은 뜨겁게 표현할수록 좋다, 귀족 액세서리 조디악
　　　　새들은 무너지는 오후의 대열을 비껴 날며
과학적인 이유식, 밀루파매일
변비에는 역시 둘코락스

숫구친다 가라 치부는 가렵고 물은
먼 강에서 온다
20세기 피임 의학의 결론! 라이보라
　　골목의 풀들은 조금씩 독이 오르고
언더웨어의 하이 소사이어티—트라이엄프!
히트세탁기만이 국내 유일 전과정 전자동!
　　아버지는 무너지고 아니 오는 시간 대신
성공남—그는 외모에서부터 인정받는다, 맨스타
　　풀을 쥐어뜯고 아이는 가출하고
칼스버그, 130개국 세계인이 공감하는 그 깊은 품격—
침구 수예 패션의 귀족, 로자리아

바다로 가는 길

유도화나 삼나무 그리고 측백과
저밤나무는 땅에서 안녕했습니다
정방이나 천지연폭포 서귀포의
바다는 물에서 안녕했습니다
나는 그 서귀포의 길에서
사람으로 안녕했습니다

유도화는 내가 도착하기 전에
설친 잠으로 몸이 좀 불어 있었습니다
저밤나무는 이제 막 꽃을 터뜨리며
다른 나무를 위로 당기며 부풀고
정방은 오가는 사람들을 불러 모아놓고
떨어지는 길이 어디인가를 말하려고
몸을 맑게 하고 있었습니다 바다는
물 밖으로 조금 노출하긴 했지만
전혀 깊은 몸을 안심하는 눈치였습니다

삼나무와 측백이 가리키는 길은
여전히 한라의 백록이었고 천지연은
싱싱하게 내리꽂히면서도 고개를 돌려
같은 쪽으로 가리켰습니다 그렇지만

몇몇의 길은 바다로 가고 있었습니다
그 길은 내리막길로 안녕했습니다

바쁜 것은 바람이다

8월의 마닐라는 걸핏하면 바람이 불고 비가
쏟아진다 사람들은 우산을 가졌거나 아니거나
서두르지 않고 바쁜 것은 바람이다 익숙하지
못한 나는 담장 밑에 선다 바람은 어디서부터
서서히 미치게 되는 것일까 로하스 대로를
바람들이 우우우 몰려와 달려도 야자수들은
단지 흔들릴 뿐이다 코밑에 수염을 기른
이십대 청년이나 트라이시클을 몰고 가는 사십대 사나이나
우산을 든 여학생이나 뛰는 사람이 아무도 없다
바쁜 것은 대륙을 꿈꾸는 검은 구름이나 구름을 몰고 있는
바람이다 혼미한 낮은 구름들이 스스로 예측할 수 없는
비를 쏟을 때마다 바람 속 어디선가 비린
냄새가 난다 이 비린 냄새! 오로지 바쁜 내 몸 속이나
바람의 몸 속에 있으리라 사람들은 바람 부는 거리에서
이곳의 집처럼 바람구멍이 있어 비로소 튼튼하다
반시간도 되기 전에 바람은 지쳐 거리에 눕고
구름은 하얗게 마른다 그때의 하늘은 언제나 물빛이다

여기 사람들은 바람을 알고 있다!

WENG WENG*

에스쿠데로 家에 도착하니 흑우 카라바오가
牛車를 끄네 잘생긴 야자수가 우거진
넓은 장원의 길을 한 젊은이가 앞에서 카라바오를
몰고 뒤에 앉은 젊은이 하나는 기타를 치고
어여쁜 두 처녀가 타갈로그 말로 노래를 부르며
멀리서 온 방문객을 태우고 숲속을 가네
맑은 대낮 높고 낮게 열정적으로 끊고 이으며
그 노랫소리는 야자수 사이로 가기 전에
나부터 치네 돌아가라 돌아가라 이곳은 네가
머물 곳이 아니다 아니다 기타는 그렇게 아니다
아니다 햇빛을 텡텡 튕기고 두 처녀의
노래는 이곳까지 흘러온 나를 빤히 쳐다보며
높고 낮게 끊고 이으며 꽃잎 벙글리듯 나를 여네
넓은 장원은 가도가도 야자수가 우거져 있고
곳곳에서 일당 4~5불의 인부들이 나무를
건사하고 노랗게 익은 난소네스 열매를 따고 길을 쓸며
밖에서 길거리를 헤매고 있을 아이들과 나를 쓱쓱 쓸며
돌아가라 돌아가라 네가 머물 곳이 아니다 아니다
노래하는 두 처녀의 전언을 다시 내 앞으로 보내네
코끼리보다 힘이 세다는 카라바오는 길만을 따르고
앞에 앉은 젊은이는 나를 보지도 않고

처녀의 노래에 박수만 맞추네 돌아가라 돌아가라—

* WENG WENG: 우차의 이름.

목수네 아이

카마공 거리에 세부 섬의 한 목수네가 사네
길가에서 보면 칼라쿠치와 붕가빌로와 야자수나무들 사이
작은 섬처럼 떠 있는 집들 닭들이 모이를 찾고
일자리가 없는 젊은이들이 나라나무 그늘에서
장기를 두네 판자와 대나무와 양철로 얼기설기
얽어놓은 단칸방의 집에서 목수의 마누라와 다섯 아이가
점심을 먹네 어떡하다 우리집까지 흘러왔냐며 나에게 묻는
마누라는 죄지은 듯 웃고 접시에 담긴 밥알을 맨손으로
긁고 있는 세 살부터 일곱 살까지 연년생들이 느닷없이
찾아든 이방인을 보고 한 손으로는 입으로 급하게 밥알을
긁어넣으며 엉거주춤 일어서네 목수는 어느 거리에서
몇 페소를 위해 기웃거리는지 아버지가 없어도 방은
넉넉하게 가득하네 옷가지는 벽에 걸고 몇 개의 식기는
손바닥만한 탁자 위에 놓고 보니 이 집은 얽어놓은 판자와
대나무 사이로 들어오는 더운 바람밖에 더 없네
목수네와 같이 엉켜 있는 이곳 카마공의 단칸방 사람들은
무엇이 두려운가 서로 끌어안듯 붙여 집을 지었네
너 예쁘구나 하며 서툴게 이름을 묻는 나에게
둘째인 아이가 자기의 볼을 쓰다듬는 내 손을 보며
리자라고 하네 리자라고 하며 웃네 그 웃음 하나에
입가에 엉켜붙었던 밥알이 허수히 툭툭툭 떨어지네

그러나 창밖의
붕가빌로나무들은 색이 다른 꽃을 다투어 내밀고 있네

짐승의 시간

아직도 죽음의 마르지 않는 바람이나
물의 기억은 마른 몸 어디에서
기어이 흐르고 있으리라

나는 낡은 갈대발을 꺼안고 유리창에 내걸며
짐승처럼

이토록 밝은 나날

공룡

별이 빛나지 않는 밤 내가 사는
中生代의 신길동 아파트 단지에
공룡이 찾아온다 너의
단지에도 가리라 온몸에
철갑을 두르고 등에 삼각형
골판을 좌우로 두 줄이나 꽂은
검룡 스테고사우루스의 몸뚱이가
동편 5단지를 지날 때면 中生代
쥐라紀의 가장 거대한 뇌룡
브론토사우루스가 30톤의 몸을 끌고
6단지 입구로 들어선다
문을 걸어잠근 주민들은 이제
곧 끝날 쥐라紀 마지막 몇 밤의
베란다에 불을 밝히고
흐려지는 한 세기의 창을 닦는다
뇌는 작고 몸집만 비대하게 하는
뇌하수체만 발달한
이 지상에서 며칠 후면 사멸할
거구 파충류의 포효 소리를 듣는다

서편 6단지는 그들이 멸종할 순간까지
보안등만 외롭게 밝히리라
내가 외롭게 밝히리라
몸이 무거워 작은 머리조차 들기 힘든
스테고사우루스의 등줄기 골판을
주민들은 쥐라紀의 유품으로
아파트의 잔디밭에 놓고 싶어한다
곧 쥐라紀는 끝나리라 이어
中生代의 마지막이어야 하는
그러나 믿을 길 없는 白堊紀가 닥치리라
쥐라紀의 땅에서나 살 수 있는
브론토사우루스여
별이 빛나지 않는 밤의 어둠을
끄악 끄악 꼬리로 휘젓는 공룡이여

달과 어둠

진돗개 암놈이 코를 킁킁거리며 앞서간다
진돗개 수놈이 뒷짐을 지고 따라간다
잡종들이 엉거주춤 따라간다

숲에서 인동초 하나가 불쑥
고개를 내밀었다가 잡종의 다리에 밟힌다

구례 화엄사 입구
잡종 하나가 뒤에 오는 잡종의 눈치를 본다
잡종 둘이 앞서가는 잡종의 눈치를 본다
잡종 하나 무조건 앞선 잡종의 엉덩이에 바싹 붙는다

구례 화엄사를 끼고 흐르는 개울물에
보름달이 옷 벗고 들어가 놀고 있다
活句下薦得 둥둥 色之空 空之色 둥둥

진돗개 암놈이 옷을 벗을 줄 몰라 뒤돌아본다
진돗개 수놈이 단추를 풀 줄 몰라 뒤돌아본다
잡종들이 무슨 일인지 몰라 뒤돌아볼 때

둥둥 떠다니는 놀이 뒤로 밀려나 있던
구례 화엄사의 뒷산 어둠이
活句로 왈칵 몰려 온다

태양과 별

명동에서 나는
엊저녁에 꿈꾸었던
닭 한 마리를 보았다
엉성한 합판 손수레
바퀴 아래서 눈을 멀뚱거리며
나를 모르는 눈치였다
명동에서 나는
엊저녁 꿈꾸었던
귀부인을 보았다
실크 원피스를 입고
삼각뿔 모양의 상아 귀고리를 하고
구두 상점을 기웃거리고 있었다
엊저녁엔 닭을 안고
나를 달 속으로 안내했는데
오늘은 모르는 체했다
엊저녁 꿈꾸었던
사람들 다리 사이로 굴러다니던
쌍둥이 태양도 보았다
태양이 보였으니 이제 곧 밤이 오리라

그리고 아침이라는 이름의
쌍둥이 별이
서편에서 지리라
내가 어제 꿈꾸지 않았다면
오늘 저것들은
무슨 모양으로 저기 섰을까

新生代

다른 비가 오기는 오리라
비를 맞으며 담장 밑에서 풀들이
코와 눈이, 입과 귀가 서로
다른 비를 기다리고 있다
지금 떨어지는 비를 탁탁 튕겨내며
기다리고 있다 흙 속에서
이마를 드러낸 작은 돌과
깡통의 좌우 모서리도
지금을 탁탁 튕겨내고 있다
다른 비가 오기는 오리라
지금 그들과 내가 함께 맞는

이 비가 아닌 비가, 눈과 귀가 기다리는
등과 배가 기다리는 비가
빗줄기 사이 바람 오듯 오기는 오리라
그러나 고생대 페름기의 양서류가 기다렸던
중생대 쥐라기의 괴조가 기다렸던
우리들 신생대의 자작나무가 기다리고 있는
비가 키가 자꾸 자라는 우리들 자작나무의
비가 오기는 오리라

돈황

꿈꾸고, 욕망하고, 욕망의 굴을 파고, 환상을 보고
깎고, 다듬고, 색칠하고, 허물고, 깎고, 다듬고, 색칠하고

다시 꿈꾸고, 욕망하고, 욕망의 굴을 파고, 허물고, 파고
굴속에 들어앉아, 외치고, 부르짖고, 통곡하고,
흩어진 환상을 불러 모으고, 깎고, 다듬고, 허물고 다시 깎는

저기, 저 길 건너 아파트 대단지의 검은 구멍 속의
山1番地의 한없이 넓은 구멍 속의

우리집 어두운 구석구석의
잎 진 나뭇가지가 위로 위로 파고 있는 흐린 하늘 속의
저 돈황의 석굴
저 千佛洞

서울의 鳴沙山에는 모래처럼 눈발이 무너져내리고

너

돌멩이 하나도 여기 길목에서
福者로 여무나니

길에서나 길 밖에서나 마땅히
너는
쇠붙이의 태양과 바람 속에서도 너는

牧丹

습관이란 무섭다 북경의 한 飯店에
짐을 풀자마자 텔레비전을 켜고 채널을
돌려본다 놀라워라 채널 4에서
牧丹이란 화장품을 선전하고 있다

天安門에는 진눈깨비가 치고
TV 속 중국의 한 곳에는 牧丹이 피고 있다!

나는 木月詩 한 구절을 쭝얼댄다
장독 뒤 울 밑에
牧丹꽃 오므는 저녁답
木果木 새순밭에
산그늘이 내려왔다
　　　워어어임마 워어어임

역사를 찾아서

프랑스 조계에 있었다는 上海의
대한민국 임시정부의 청사를 찾아 길을 간다
난방 시설이 없는 상해의 인민들이
낡은 이불솜을 버스가 다니는 거리까지
가로수에 걸쳐 말리는 12월 초순
사람들과 자전거를 피해 이리저리 몸을 비키며
한나절 걸어 검붉은 벽돌담들 저희들끼리
엉키고 있는 이름 모르는 골목을 간다
낡아가거나 허물어지거나 모두 사람 것인
집집에서 흘려보낸 개숫물이 벽돌담
밑을 타고 질척거리고 어느 나라나 마찬가지로
만화책을 든 아이들이 부모를 피해
한구석에 쭈그리고 앉아 환상을 먹고 있는 골목
집 밖으로 걸쳐놓은 장대에 한쪽 가랑이를 걸고
다른 한쪽 가랑이가 내 마빡을 치는
중국놈의 속옷을 손을 밀치며 햇빛도
들지 않는 한 골목을 간다 朱氏라든가
무슨 氏라도 아무 상관도 없는 어떤
중국인이 산다는 집을 찾아서 이곳 사람의
필수품이라는 햇빛에 말리려고 골목에다 내놓은
중국식 요강인 마통의 지린 냄새를 삼키며

朴殷植之墓

상해에 사는 사람 아무나 죽으면
그곳에 갖다 묻었다지만 이름만은
그래도 사람이 사람에게 부끄럽지 않게
산 사람이나 죽은 사람에게 어울리게
만국공원묘지──그러나 지금은
그 이름도 빼앗기고
宋慶鈴定陵
중국의 한 송씨 가문의 묘역
한구석에 韓國痛史와
韓國獨立運動之血史가 묻혀 있다

땅에 붙어 있는
한 뼘 길이의 장방형 묘비
小學校 시절 잃어버린
내 名札 같다!

十全路의 밤

밤 7시만 되어도 蘇州의 십전로에 있는
공영 상점은 모두 문을 닫고 이빨 빠진 듯 있는
한두 평 크기의 개인 상점 불빛이
빽빽한 백양나무 가로수의 허리를 훑는다
시 외곽의 吳門이나 北塔을
더듬는 달빛도 백양나무 사이로 내려와
함께 길을 열지만 헤매는 사람은
나처럼 이곳을 모르는 사람들이다 蘇州의
인민들은 싸구려 서화나 골동품을 뒤적거리며
중국으로 가는 길을 묻지 않는다 자전거를
집 안에 들여놓고 외제 컬러 TV나 냉장고를
꿈꾸며 外事를 보는 친인척이 번다는
엄청난 달러 액수를 얘기하며 식탁 주변을
데운다 십 년 동안 일본 관광객이 훑고
지나간 십전로의 개인 상점에 무엇이 남았겠는가
그래도 멍청한 관광객이 아직도 속아주는
그림이며 문방사우며 도자기를 팔아 관광철에는
인민들의 봉급 열 배는 쉽게 번다는 장사치들과
함께 잠들지 못하는 십전로의 이빨 빠진 불빛들
다가올 철을 기다리며 어리석은 사람들이 찾을
중국화를 그리며 삼십대 후반의 한 시골

여류 화가며 점주인 여인은 그래도 내가 보니
얼굴을 붉힌다 어두운 골목에서도
이곳을 헤매고 다녔다는 寒山 또는 拾得의
발소리를 나는 듣지 못했다 듣지 못했다고
12월의 별들이 내 머리 위의 동서와
남북의 흐린 나뭇가지들을 맵도록 후려친다

別曲

육체도 없이 늘 사랑한다고 말하며 와서 함께 자고 가는 시간
의 이불 밑에서
이불 밑에서 나와
혼자 식탁에 숟가락을 놓고 있는 여인이여

호모 사피엔스 출신

보행기를 처음 타보는
호모 사피엔스 출신 아이
으으아 으으아 환성을 지르며 발을 구른다
으으아 으으아 환성을 지르며 앉았다 일어선다
그때마다 보행기는 앞으로 가지 않고 뒤로 밀리고
앞으로, 이리 오라고 손짓하는 사람과 멀어지고
다급하게 앞으로 손을 내밀지만
내미는 순간 더 뒤로 밀리고
앉는 순간 엉덩이의 무게가 뒤로 쏠리고
일어서는 순간 바닥에 닿는 다리의 힘이
무릎 관절에 꺾여 뒤로 쏠리고
뒤로 뒤로 보행기는 밀리고
좌우 벽에 부딪히고
가야 할 길을 접어 숨기고 있는
바닥과 멀어지고

으으아 으으아—
으으아 으으아—

환멸을 향하어
—90. 9. 4. 석간 신문 일면의 사진 한 장

숲의 나무들처럼 사람들이 빽빽이 들어서 있다
판문점 군사 분계선을 넘어온 한 사내가
영접 나온 한 사내와 어깨를 나란히 걸고 있다
튼튼한 나무처럼 한 손을 흔들며 이빨을 드러내고
웃으며 서 있다 오른쪽 팔을 들고 전면을 향해
손을 높이 들어올리느라고 한 개의 깊은 계곡이 양복
오른쪽을 파고 있다 손을 흔들지 않고 있는 영접 나온
사내의 양복에는 밋밋한 산기슭이 숨쉬지 않고 있다
숲의 나무처럼 뒤로 사람들이 가득 들어서 있으나 웃는
것은 둘뿐이다 어느 숲에서 음습한 바람이 부는지
아침 10시인데도 나무들이 몸을 움츠리고 잎을 펼
기미 대신 숲의 전방을 온몸으로 두리번거린다
웃는 두 그루 나무는 어디에 뿌리를 내리고 있나
안경 속의 눈은 모두 둥글고 이빨은 가지런하게 뻗고
바람은 그들을 피해 가는지 그 웃음은 숲속에서 하나
다치지 않고 민들레 꽃씨처럼 끝없이 솟아오른다 나도
함께 솟아오른다 아아— 내 방에서 숲으로 그리고
판문점이 있는 하늘로 나는 사진에서 조금씩 멀어진다
웃는 사람과 웃지 않는 사람이 서서히 멀어지면서
서서히 멀어지면서 검은 숲이 판 박힌다 웃음도 검다

빈 컵

겨울,
민방위 훈련을 알리는 사이렌—

진눈깨비 사이와 사이를 뚫고
젖은 바람의 육신과 육신 사이를 뚫고
유리창을 뚫고
빛을 뚫고
방 안까지 무차별
후드득 후드득 내리박히는
투명한, 투명한,
이데*의 바늘들

식탁 위의
투명한 빈 컵이여
이데여

　* Idee(獨).

후박나무 아래 1

잎 진 후박나무 아래 땅을 파고
새끼를 낳은 어미 개
싸락눈이 녹아드는 두 눈을 반쯤 감고
태반을 꾸역꾸역 먹고 있다
배 밑에서는 아직 눈이 감긴 새끼가 꿈틀거리고
턱 밑으로는 몇 줄기 선혈이 떨어지고

그 위로 어린 싸락눈은 비껴 날고

후박나무 아래 2

어미 개가 자기 집으로 물어 나른 새끼들
어미 젖통을 머리로 쥐어박으며
젖꼭지를 물어당기다 똥을 싸고 있다
새끼의 항문에 매달려 있는 똥
새끼의 항문에 매달려 떨어지지 않는 똥
어미 개가 혓바닥으로 핥아내고 있다
쓰윽 쓰윽—
항문 근처가 말갛도록

싸락눈이 내리다 잠깐 멈춘 오후

후박나무 아래 3

어미 개가 배 밑에서 죽은 새끼 하나
입으로 물어내고 있다
어미 개가 졸다가 깔아뭉갠
숨이 막혀 죽은 새끼 하나
어미 개가 입으로 질질 끌어내
뒷발로 문밖으로 차 던진다

배 밑이 차갑다고
뻗은 사지가 딱딱하다고

풀의 집

투석전이 한창이다 길에 있는 나를 돌멩이는 알아보지 못한다 나는 사정없이 얻어맞는다 하늘은 돌멩이의 길이다 집들은 차가운 자물쇠로 길을 잠그고 들어오라 들어오라 너는 집이 필요하다 풀들이 소리친다 나는 풀의 집으로 급히 들어간다 사방이 푸른 화창한 집아 그러나 풀의 집은 벽이 지붕이 없다 나는 풀의 집에 서서 인간의 하늘 아래 서서 계속 얻어맞는다

절벽

　밑은보이지않습니다, 비가오고, 발밑에는금간바위사이를풀뿌리들이한사코붙들고있습니다, 빗줄기는그틈사이를들이칩니다, 누가버리고간라면봉지몇몇이모래와손잡고물줄기를바꾸다가쓸려갑니다, 아이들은비가와도종이비행기를아래로날리고고함을치고발을굴리고, 물줄기들은어디에서우리와만나려고하는지지금은바위틈사이사이로말도없이가고, 전사들은1·2차세계대전이후의경험교과서대로'민자의순정시대'노래에맞춰춤추며노래하며이쪽으로이쪽으로사람들을끌고옵니다, 여기는절벽입니다절벽사이로난길은길만노래하고춤추며가게나있습니다, 더욱지금은여름입니다,

테크노피아

테크노피아
野立看板의 녹슨
철골 사이에

들새 하나
집을 틀고 앉아
새끼를 기르겠다고
작은 눈을 굴리며
알을 품고 앉아

형체도 분명한
다섯 손가락의 외짝
고무장갑
썩지도 못하고
비를 맞는

테크노피아
野立看板 아래와 위 사이에서
비 함께 맞으며
알을 품고 앉아

깡통

1

洋種들이 먹고 버린 빈 깡통을 돌로 두들겼다
깡, 깡, 깡, 깡—

참새들은 까맣게 하늘로 치솟고
얼마나 시끄러웠는지
벼 이삭들은 고개를 숙인 채 엉덩이를
내 쪽으로 내밀고
두 귀를 틀어막았다

개울의 돌들은 감자 익는 냄새가 나고

논 가장자리에 꽂힌 장대에 매달린
빈 깡통에서도 가끔 소리가 났다
깡, 깡, 깡, 깡—
깡통에 구멍을 뚫고 속에 매달아놓은
돌멩이가 속절없이 빈 깡통을 두들겼다
비바람에 洋種들의 깡통도 별수없이 녹이 슬고

2

논과 밭을 팔아 우리 형제들은 外地에서 공부했다

내가 빈 깡통을 두들길 때마다 귀를 틀어막고
물소리로 통통해지던 벼 이삭들

하숙비로 부쳐온 돈으로 처음 깡통을 땄다
파인애플, 깡, 깡, 깡—
먹고 난 뒤 숟가락으로 빈 깡통을 두들겼다

참새는 솟구치지 않았다 대신
붉은 양철 지붕 모서리의 강아지풀 한 무더기가
우우우 일어서서 깡 깡 깡 쓸린 하늘을 물어뜯었다

3

슈퍼마켓 한쪽 벽에 깡통이 천장까지 쌓여 있다
국산 깡통 사이에 外地에서 온 것도 끼여 있다

파인애플도 있다
……………
김치, 깍두기,
된장, 고추장도 있다
……………
깡, 깡, 깡, 깡—
감나무밭으로 까맣게 솟구치던 저 참새—

들키고 싶은 작은 돌처럼, 아, 나는
슈퍼마켓에서

개똥참외

싱싱한 개똥참외 한 그루
열매를 달고 돌무더기 위에 기며
익고 있다
先山墓域
　　누가 바짓가랑이를 내리고
　　그것을 풀밭 위에 내놓고
　　계곡을 굽어보며 명상에 잠겨
　　푸짐하게!

푸르고 굵은 줄기와 알찬 열매

이만하면 능히 가출한
새 서넛
여기서도 키울 수 있으리라
아름다운 상처처럼

空山明月

달이 나무 잎사귀를 툭툭 치며 간다
달이 빈 가지에 걸터앉아 몸을 흔들다가
간다 아무도 잠깨어 마주 오지 않는다 무덤 위에 앉아
담배 한 대 피우며 空山의 물소리 속에
모래들만 몸 푸는 아득한 소리를 듣는다
팔짱을 끼고 산길에 버티어 서서
사라지고 없는 산의 길을 불러 모은다
높은 곳에서 불러도 깊은 길만 오는구나
부르는 소리에 송장메뚜기가 풀 속으로 숨고
기댈 곳 없는 풀이 달 속에 누울 때
空山의 달은 잠 깨지 않는 길을 혼자 간다
터벅터벅 간다 잎을 치며 간다 가지를
흔들며 간다 나무들은 잠 속에서 발소리를 듣는다
잠 깨라 잠 깨라 하는 空山 깊은 계곡의 물소리

풀밭 위의 식사

함께 온 어른은 산기슭의 나무 그늘에서
맥주 깡통을 텅 텅 따고 소리지르고
고기 안주를 씹고 옆의 철쭉꽃은
사람들과 무관하게 태양 때문에 붉다
아직 몇 발짝 기지 못한
산딸기의 줄기가 아른거리는 풀밭 구석에서
아이 하나 시퍼런 풀을 움켜쥐고 있다 풀이
완강하게 저항하는지 목이며 팔뚝에
힘줄이 굵게 솟는다 먹을 것이
여기저기 펼쳐져 있는데 그쪽으로는 고개를
돌리지 않는다 아이의 머리 위에서 아카시아가
꽃과 가시를 뭉텅뭉텅 내밀다가 잠시
멈추고 찾아온 벌떼를 껴안는다 풀을 잡아당기는
아이의 손에서 풀의 줄기가 뜯겨나온다
저렇게 집요하게 감아쥐고 있는 것을 보면
아이가 보고 싶은 것은 풀이나 풀의
뿌리가 아니리라 나는 개암나무 사이에
박힌 돌처럼 안 보이는 것이 모두 궁금하다
먹고 있던 빵을 한 손에 쥔 채 나는
아이의 손에서 무엇이 뽑혀나오는지 기다리고
어른들은 계속 마시고 떠들고 묘지에

퍼질고 앉아 화투짝 두들기는 소리가
묘지 아래로 굴러내리고 태양은 빛나고
아이는 함부로 뽑을 수 없는 풀을
두 손으로 쥔 채 눈을 반짝이며 다시
잡아당긴다 풀의 줄기가 우두둑 뜯기고
아이는 넘어지며 철쭉을 짓뭉갠다
땅에 떨어져도 철쭉꽃은 여전히 붉다
땅이 저렇게 쉽게 놓아주지 않는다면
땅이 숨기고 있는 것은 풀의 뿌리만이 아니리라
어른들과 떨어져서 아이는 당기고
풀은 뽑힐 생각을 아직도 하지 않고
내 곁에서 개암나무 잎 사이의 어린 열매가
그늘을 제끼고 따가운 햇볕 속에 고개를 내민다

房門

고향집 뒤뜰은 감나무가 가득했다 어깨와 어깨를 마주 대고 담을 밀어내고

길게 뻗은 가지와 손바닥만한 잎들이 툇마루까지 와 한철을 보내곤 했다

너무 광대한 하늘을 가려주곤 하던 가지와 잎이 무슨 일을 하는지 모른 채

나는 빨리 익지 않는 감을 기다리다 못해 떫은 풋감을 따서 소금에 찍어 먹었다

감이라고 다를 리 있겠느냐

덜 익은 것은 목구멍에 가기 전에 혓바닥에서부터 들러붙었다

삐걱 삐걱 하는 도르래가 붙은 우물 곁에 단감나무가 딱 한 그루 있었다

떫지 않은 그 한 그루 나무의 감!

그 감나무가 왜 그곳에 하나 있었을까

어머니가 정한 내 방은 그쪽으로 문이 나 있었다

따뜻한 그늘

그 집은 그늘이 짙은 그 집은
살의 욕망에 벽에는 더러운
곰팡이가 슬었으리 창은
백내장처럼 눈을 뜨고 있으리 피의
상상에 여기저기 죽은 빈대의 시체와
마른 물독이 흩어져 있으리
뼈의 직립이여 뼈의 서까래 군데군데
벌레가 갉고 그 속에 바람이
그늘의 체온을 데우며 남은
피를 찾아 방방을 기웃거리리
거기에 나와 육체의 피를 두어야 하리
그러나 집이란 때로 너무 가벼워서
돌로 눌러두고 다녀야 하는 길이거니와

무덤

내 무덤을 내가 파헤친다 마음도
넉넉해라 땅은 누구의 삽질도 받아들인다
추하고 아름답던 내 살은
벌써 다른 욕망에 옮겨가
잘들 있는지 흙은 바싹 말라 있다
삽질을 방해하는 것은 작은
돌뿐이다 뒤축이 다 닳은 세 켤레의
구두가 새 구두 한 켤레와 불쑥
하늘 아래 얼굴을 내민다 끝이
보이지 않는 길이 밑에서 잡고
당기는지 새 구두의 뒤축이
잘 빠져나오지 않는다 (잘 있거라 구태여
내가 그것까지 방해하랴)
삽질을 한다 20년 이상 도수만
바꾸어 낀 낡은 테의 안경
그 옆에 가까운 곳을 보려고 준비해
다닌 안경이 서로 더러운 흙을
붙들고 있다 (거기 머물고 있는
믿을 수 없는 세계의 그림자!)
파헤쳐놓은 무덤 위로 울 듯 울 듯한
몸으로 새가 한 마리 지나간다 (칼의

세월이여 말의 세월이여) 무릎 쪽에
책이 몇 권 아픈 허리의 뼈를
받치고 있다 정다워라 그러나 메마르고
가벼운 언어의 땅이여 책이여
언어는 물이려니— 언어가
거기 있을 리가 있느냐 파헤쳐진
무덤 곁에 무성한 아카시아나무여

아카시아

아카시아를 심지 말아라 아카시아는
땅속의 숨은 뿌리가 더 무섭다
꽃과 잎들은 뿌리의 城이며
垓子이다 포크레인의 쇠갈고리 같은
뿌리들이 땅속을 헤집으며 무엇이든
긁어쥐고 와작와작 썹어 삼킨다
아카시아나무 밑 땅속은 버려진 냄비며
철물이며 외로운 돌무더기 몇몇(흙이 없는
저 땅의 속이며 언어의 속이며……) 뿌리
저희들만 동서로 뻗고 있다
아카시아나무의 그늘 밑에는 모두 파먹어
형체 있는 무덤도 하나 없다 온몸에
일사불란하게 돋아 있는 가시와 잎—
살아 있는 저 맹목 육체의 길을
알면서 햇볕은 여전히 싸안고 얼러대고

누란

1

사막은 經이다
보기조차 힘겹다
인간이면 마땅히
여기까지 와야 한다
한다는 듯
사진 속에서조차
왔느냐
반기지도 않는다
이천 년을 밟고
발 밑의 이천 년
樓蘭을 밟고
낙타가 간다
눈 하나 까딱하지 않는다
生佛이다

2

이천 년 전 이곳에

왔던 사람 둘
살은 버리고 뼈로만 누워
웃고 있다 沙沙로 웃다가
몸을 비틀었는지 뼈들이
모로 누워 있다 모로
누웠지만 뼈가 날개 같다
서쪽에서 떨어져나온 팔뼈가
동쪽의 엉덩이를
만지고 있다
뼈 하나가 陽關이다

한 잎의 女子 1
—언어는 추억에 걸려 있는 18세기형 모자다

　나는 한 女子를 사랑했네. 물푸레나무 한 잎같이 쬐그만 女子, 그 한 잎의 女子를 사랑했네. 물푸레나무 그 한 잎의 솜털, 그 한 잎의 맑음, 그 한 잎의 영혼, 그 한 잎의 눈, 그리고 바람이 불면 보일 듯 보일 듯한 그 한 잎의 순결과 자유를 사랑했네.

　정말로 나는 한 女子를 사랑했네. 女子만을 가진 女子, 女子 아닌 것은 아무것도 안 가진 女子, 女子 아니면 아무것도 아닌 女子, 눈물 같은 女子, 슬픔 같은 女子, 病身 같은 女子, 詩集 같은 女子, 영원히 나 혼자 가지는 女子, 그래서 불행한 女子.

　그러나 누구나 영원히 가질 수 없는 女子, 물푸레나무 그림자 같은 슬픈 女子.

한 잎의 女子 2
—언어는 겨울날 서울 시가를 흔들며 가는
아내도 타지 않는 전차다

나는 사랑했네 한 女子를 사랑했네. 난장에서 삼천 원 주고 바지를 사 입는 女子, 남대문시장에서 자주 스웨터를 사는 女子, 보세가게를 찾아가 블라우스를 이천 원에 사는 女子, 단이 터진 블라우스를 들고 속았다고 웃는 女子, 그 女子를 사랑했네. 순대가 가끔 먹고 싶다는 女子, 라면이 먹고 싶다는 女子, 꿀빵이 먹고 싶다는 女子, 한 달에 한두 번은 극장에 가고 싶다는 女子, 손발이 찬 女子, 그 女子를 사랑했네. 그리고 영혼에도 가끔 브래지어를 하는 女子.

가을에는 스웨터를 자주 걸치는 女子, 추운 날엔 팬티스타킹을 신는 女子, 화가 나면 머리칼을 뎅강 자르는 女子, 팬티만은 백화점에서 사고 싶다는 女子, 쇼핑을 하면 그냥 행복하다는 女子, 실크 스카프가 좋다는 女子, 영화를 보면 자주 우는 女子, 아이 하나는 꼭 낳고 싶다는 女子, 더러 멍청해지는 女子, 그 女子를 사랑했네. 그러나 가끔은 한 잎 나뭇잎처럼 위험한 가지 끝에 서서 햇볕을 받는 女子.

한 잎의 女子 3
—언어는 신의 안방 문고리를 쥐고 흔드는
건방진 나의 폭력이다

내 사랑하는 女子, 지금 창밖에서 태양에 반짝이고 있네. 나는 커
피를 마시며 그녀를 보네. 커피 같은 女子, 그래뉼 같은 女子. 모카
골드 같은 女子. 창밖의 모든 것은 반짝이며 뒤집히네. 뒤집히며 변
하네, 그녀도 뒤집히며 엉덩이가 짝짝이가 되네. 오른쪽 엉덩이가
큰 女子, 내일이면 왼쪽 엉덩이가 그렇게 될지도 모르는 女子, 줄
거리가 복잡한 女子, 소설 같은 女子, 표지 같은 女子, 봉투 같은 女
子. 그녀를 나는 사랑했네. 자주 책 속 그녀가 꽂아놓은 한 잎 클로
버 같은 女子, 잎이 세 개이기도 하고 네 개이기도 한 女子.

내 사랑하는 女子, 지금 창밖에 있네. 햇빛에는 반짝이는 女子,
비에는 젖거나 우산을 펴는 女子, 바람에는 눕는 女子, 누우면 돌처
럼 깜깜한 女子. 창밖의 모두는 태양 밑에서 서 있거나 앉아 있네.
그녀도 앉아 있네. 앉을 때는 두 다리를 하나처럼 붙이는 女子, 가
랑이 사이로는 다른 우주와 우주의 별을 잘 보여주지 않는 女子, 앉
으면 앉은, 서면 선 女子인 女子, 밖에 있으면 밖인, 안에 있으면 안
인 女子. 그녀를 나는 사랑했네, 물푸레나무 한 잎처럼 쬐그만 女
子, 女子 아니면 아무것도 아닌 女子.

손
—김현에게

개울가에서 한 여자가 피 묻은
자식의 옷을 헹구고 있다 물살에
더운 바람이 겹겹 낀다 옷을
다 헹구고 난 여자가
이번에는 두 손으로 물을 가르며
달의 물때를 벗긴다
몸을 씻긴다
집으로 돌아온 여자는 그 손으로
돼지 죽을 쑤고 장독 뚜껑을
연다 손가락을 쪽쪽 빨며 장맛을 보고
이불 밑으로 들어가서는
사내의 그것을 만진다 그 손은
그렇다——언어이리라

세헤라쟈드의 말
—「千一夜話」別曲

샤하리아르, 잠든 당신의 심장이
톡톡 뛰고 있다 신기하게도
나를 가둔 당신의 두 팔 사이의
어둡고 깜깜한 세계 속에서 내 심장도
톡톡 뛰고 있다 잠이 깨면 당신은
나를 또 죽이려 하리라 그러나
심장의 박동 소리는 당신의 것도
나의 것도 구별 없이 듣기가 좋다

샤하리아르, 나는 당신이 주는 비단으로 몸을 감고
향수로 땀내를 씻고 당신이 주는 음식을
당신이 주는 포크와 스푼으로 내 뱃속을
채운다 나는 당신이 만들어놓은 창을 통해
아라비아의 달을 보고 구름처럼 포근한
이불로 앞으로도 오래 어두울 한때를 잠재운다
그러나 달은 낙타의 사막에서 더 밝다

샤하리아르, 당신은 벌거벗은 몸이 아름답다
육체는 욕망의 본적지다 본적지에서 보면
어둠 속의 별처럼 젖꼭지도 배꼽도 반짝인다
나는 당신의 욕망을 내 몸으로 받고

당신의 죽음을 내 자궁에 가둔다 나는
당신의 언어이므로 당신 속에서 일용할
사랑을 얻는다 사랑을 얻고 당신의 발바닥이며
혓바닥이며 무엇무엇이며 온몸에 불을 지른다
불을 질러 내 우주에 불을 밝힌다

샤하리아르, 나는 유프라테스 강이다 아니다
티그리스 강이다 아르메니아 고원이다 아니다
아라비아의 샤하리아르 대왕이다 아니다
네푸드 사막이다 아니다 루브알할리라는
공허 지대이다 아니다 비가 와야 물이 흐르는
누쿠니와디이다 비샤와디이다 세헤라쟈드이다
아니다 아니다……………………

길, 골목, 호텔 그리고 강물 소리
1995

보리수 아래

동서 베를린을 가로지르는
대로의 이름이
UNTER DEN LINDEN
우리말로 옮기자면
보리수 아래

보리수가 길을 따라가며
대로를 감싸고 있다

한 사내가 나무 밑에
팬티 바람으로 누워 있고
나는 옷은 물론
짐까지 어깨에 메고 있다

물론 그도 나도
法 속에 있다

길

누란으로 가는 길은 둘이다
陽關을 통해 가는 길과
玉門關을 통해 가는 길

모두 모래들이 모여들어 밤까지 반짝이는 길이다

저기 푸른 하늘 안쪽 어딘가 많이 곪았는지 흰 고름이 동그랗게 하늘 한구석에 몽오리가 진다 나무 위의 새 한 마리 집에 가지 못하고 밤새도록 부리로 콕 콕 쪼고 있다 밤새 쪼다가 미쳤는지 저기 푸른 하늘 많이 곪은 안쪽으로 아예 들어간다

밤새 나뭇가지 끝에 앉았던 새 한 마리
새벽 하늘로 날아갔다

대방동 조흥은행과 주택은행 사이

대방동 조흥은행과 주택은행 사이에는 플라타너스가 쉰일곱 그루, 빌딩의 창문이 칠백열아홉, 여관이 넷, 여인숙이 둘, 햇빛에는 모두 반짝입니다.

대방동의 조흥은행과 주택은행 사이에는 양념통닭집이 다섯, 호프집이 넷, 왕족발집이 셋, 개소주집이 둘, 레스토랑이 셋, 카페가 넷, 자동판매기가 넷, 복권 판매소가 한 군데 있습니다. 마땅히 보신탕집이 둘 있습니다. 비가 오면 모두 비에 젖습니다. 산부인과가 둘, 치과가 셋, 이발소가 넷, 미장원이 여섯, 모두 선팅을 해 비가 와도 반짝입니다.

빨간 우체통이 둘, 학교 담장 밑에 버려진 자전거가 한 대, 동작구 소속 노란 소형 청소차가 둘, 영화 포스터가 불법으로 부착된 벽이 셋, 비디오 가게가 여섯, 골목에 숨어 잘 보이지 않는 전당포 안내 표지판과 장의사 하나, 보도블록 위에 방치된 하수도 공사용 대형 원통 시멘트관 쉰여섯이 눈을 뜨고 있습니다. 아, 그리고 ××↓↓↓표 가변 차선 표시등 하나도!

대방동 조흥은행과 주택은행 사이에는 한 줄에 아홉 개씩 마름모꼴로 놓인 보도블록이 구천오백네 개, 그 가운데 깨어진 것이 하나, 둘…… 여섯…… 열다섯……스물아홉…… 마흔둘……

안락의자와 시

내 앞에 안락의자가 있다 나는 이 안락의자의 시를 쓰고 있다 네 개의 다리 위에 두 개의 팔걸이와 하나의 등받이 사이에 한 사람의 몸이 안락할 공간이 있다 그 공간은 작지만 아늑하다…… 아니다 나는 인간적인 편견에서 벗어나 다시 쓴다 네 개의 다리 위에 두 개의 팔걸이와 하나의 등받이 사이에 새끼 돼지 두 마리가 배를 깔고 누울 아니 까마귀 두 쌍이 울타리를 치고 능히 살림을 차릴 공간이 있다 팔걸이와 등받이는 바람을 막아주리라 아늑한 이 작은 우주에도…… 나는 아니다 아니다라며 낭만적인 관점을 버린다 안락의자 하나가 형광등 불빛에 폭 싸여 있다 시각을 바꾸자 안락의자가 형광등 불빛을 가득 안고 있다 너무 많이 안고 있어 팔걸이로 등받이로 기어오르다가 다리를 타고 내리는 놈들도 있다…… 안 되겠다 좀더 현상에 충실하자 두 개의 팔걸이와 하나의 등받이가 팽팽하게 잡아당긴 정방형의 천 밑에 숨어 있는 스프링들 어깨가 굳어 있다 얹혀야 할 무게 대신 무게가 없는 저 무량한 형광의 빛을 어깨에 얹고 균형을 바투고 있다 스프링에게는 무게가 필요하다 저 무게 없는 형광에 눌려 녹슬어가는 쇠 속의 힘줄들 팔걸이와 등받이가 긴장하고 네 개의 다리가…… 오 이것은 수천 년이나 계속되는 관념적인 세계 읽기이다 관점을 다시 바꾸자 내 앞에 안락의자가 있다 형광의 빛은 하나의 등받이와 두 개의 팔걸이와 네 개의 다리를 밝히고 있다 아니다 형광의 빛이 하나의 등받이와 두 개의 팔걸이와 네 개의 다리를 가진 안락의자와 부딪치고 있다 서로 부딪

친 후면에는 어두운 세계가 있다 저 어두운 세계의 경계는 침범하는 빛에 완강하다 아니다 빛과 어둠은 경계에서 비로소 단단한 세계를 이룬다 오 그러나 그래도 내가 앉으면 안락의자는 안락하리라 하나의 등받이와 두 개의 팔걸이와 네 개의 목제 다리의 나무에는 아직도 대지가 날라다준 물이 남아서 흐르고 그 속에 모래알 구르는 소리 간간이 섞여 내 혈관 속에까지…… 이건 어느새 낡은 의고주의적 편견이다 나는 결코 의고주의자는 아니다 나는 지금 안락의자의 시를 쓰고 있다 안락의자는 방의 평면이 주는 균형 위에 중심을 놓고 있다 중심은 하나의 등받이와 두 개의 팔걸이와 네 개의 다리를 이어주는 이음새에 형태를 흘려보내며 형광의 빛을 밖으로 내보낸다 빛을 내보내는 곳에서 존재는 빛나는 형태를 이루며 형광의 빛 속에 섞인 시간과 방 밑의 시멘트와 철근과 철근 밑의 다른 시멘트의 수직과 수평의 시간 속에서…… 아니 나는 지금 시를 쓰고 있지 않다 안락의자의 시를 보고 있다

입구

서나무는 뜰 밖에서 가지의 끝이
하늘로 들렸다 자두나무는
뜰 구석에서 목부용은 창 앞에서
가지의 끝이 아카시아는
길가에서 감나무는 뒤뜰에서
하늘로 들렸다 몸이
거기까지 올라가본 잎의
무덤들이 들린
가지에 몇 개 생겨 있다

집과 길

1

높은 곳으로 올라간 길은 흔히
작은 집을 만난다 그 집은
나뭇가지 끝에서도 발견된다
그 집은 수액을 받기까지는 오랜
시간이 걸린다 그런 집에 눌려
부러지거나 꺾인 가지도 있다

2

골목은 꺾어지기를 즐긴다
꺾인 길이 탄력을 즐긴다
그곳을 지나가는 사람도 흔히
발끝이 들린다 집을
좋아하는 길은 자주 막힌다

3

창을 뚫어놓은 집은
모두 나무를 키운다 자란
나무들은 잎을 들고
집의 창 곁에 서고
하늘 앞에 선다 방에서
자주 서성거리는 사람들의
발자국 소리와 그 소리를
따라다니는 땅 밑의
뿌리를 직접 본 사람은 없다

4

골목에는 알몸의 아이들이 논다
집 안 침대에서는
어른들이 논다 알몸의 놀이터에서
그림자도 옷을 벗는다 몸이
가벼워진 알몸의 길이 함부로 집을
들었다가 놓을 때도 있다

5

층계에는 구두 한 켤레가 흔히
버려져 있다 옆으로 뻗은
층계의 길이 간혹 저지르는
납치의 흔적이다 그 길은
항상 좌우가 끊어져 있다

6

하늘에는 집이 없다
너무 멀리 간 길은
무덤 없는 하늘에 묻힌다

안과 밖

1

허공으로 함부로 솟은 산을
하늘이 뒤에서 받치고 있다
하늘이 받치고 있어도
산은 이리저리 기운다 산 밑에서
작은 몸을 바로 세우고
집들은 서 있다

2

집의 일부는 창을 통해
밖으로 나온다 그러나 집이
모두 나오는 일은
한 번도 없다 산이나
하늘이 가끔 창에 붙어 집의
일부가 된다 창이 되어서도
산은 높고 하늘은 깊고
눈부시며 투명하다
안의 시계가 밖을 보는 것을

방해하지 않는다

3

벽은 방을 숨기고 길을
밖으로 가게 한다 집과
집 사이에서 길과 함께 집을
짓지 않은 나무들이 서서
몸을 부풀린다
부푼 나무의 몸들이
매일 가지와 잎들을 들고
집을 지운다

사당과 언덕

길을 벗어난 곳에 사당이 있다
동서로 기울어져 있는 지붕에서 쏟아져
내리는 햇볕에 저희들끼리 모여서
뱀딸기들이 닥치는 대로 나무와
그늘에 붉은 몸을 내려놓고 있다
그래도 잎은 붉은 몸과 함께 파랗게
물결친다 사당에서도 개미들은
자기의 그림자에 발이 젖어 있다
사당을 세운 자들은 이미 사라지고
처마 밑에 진을 친 거미는
속이 없는 진중을 오가며
아직 무겁게 몸을 다스린다 그러나
나팔꽃 줄기는 담장의
중간쯤에서 더 오르지 않고
흔히 본 그런 꽃을
서너 개 내려놓고 있다

물과 길 1

물에서 나온 사내가 강을 돌아보며
돌밭에 올라선다 강은
주저하지 않고 사내가 빠져나간
자리를 지운다 대신 땅에 박힌
돌이 사내의 벗은 몸을 세운다
얼굴을 닦으며 강 건너편을 바라보는
사내의 몸에서 몸으로 들어가지 못한 것들이
두 다리와 남근으로 각각 모여들어
몇 줄기 물을 이룬다
강 건너에서는 산으로 가던 길이
산속에 몸을 숨겨버린다 처음도 끝도
숨기고 있는 길을 보며 사내는 곁에 있는
갯버들 가지를 움켜쥐고 턱 하고
꺾는다 하늘로 가던 나무의 길이
하나 사라지고 그와 함께 지상에서
그 길이 거기 있었다는
사실도 사라졌다

물과 길 2

돌밭에서도 나무들은 구불거리며 하늘로
가는 길을 가지 위에 얹어두었다
어떤 가지도 그러나 물의 길이
끊어진 곳에서 멈춘다
나무들이 멈춘 그곳에서 집을 짓고
새들이 날아올랐다 그때마다
하늘은 새의 배경이 되었다 어떤 새는
보이지 않는 곳에까지 날아올랐지만
거기서부터는 새가 없는
하늘이 시작되었다

물과 길 3

한 사내가 윗도리를 벗어던지고
무거운 해머로 강물 속에
숨은 돌을 두들기고 있다 퍽 퍽
돌이 내는 소리인지 돌 밑에 숨은
강이 내는 소리인지 물이 흔들렸다
그러나 해는 여전히 사내의 어깨와
해머에 번갈아 옮겨다니며 올라앉았다
해머에 눌려 소리를 물 밑으로 내리면서도
강이 고기를 사내에게 건네주는 일은
드물고 사내의 허리쯤에 걸쳐져 있는
돌밭에서는 모닥불이 타고 있다
불 속에서 타는 나무 속의
물이 꺼멓게 하늘로 이어져 올라가며
들을 구불구불 자른다 들이
잘리면 하늘도 잘린다 그곳에서
자주 몸으로 강과 사내를
숨겼다 내놓았다 하는 한 여자의 목을
그 여자의 긴 머리채가 감아쥔다
그래도 여자의 엉덩이는 강물보다
높은 곳에 얹혀 있다

물과 길 4

강이 허리가 꺾이는 곳에서는 산이
뒤로 물러섰다 그래도 산의
머리는 하늘과 닿고 산이
물러선 자리는 텅 비고 절벽이 생겨
곳곳의 물이 거기 모여
반짝였다 산을 따라가지 못한
절벽은 그러나 자주 몸을 헐며
서서 물을 받는다 팍팍한 그 붉은 황토에
동그랗게 숨구멍을 뚫고 물총새가
절벽과 함께 몸을 두고
새끼를 기른다 그래서 절벽에 붙어
강을 굽어보는 물총새가
긴 부리로 가볍게 해를 들고
있을 때도 있다 절벽 끝에 사는
키 작은 망개나무와 싸리나무가 하늘의
별과 달을 들어올릴 때도 있다

물과 길 5

한 여자가 파라솔 그늘 밖으로 나간
자신의 다리를 따라간다 다리가
이어져 있는 발의 끝까지 따라가서
발가락 끝의 다음을 찾고 있다
물이 강으로 흐르는 한가운데로
들어간 사내가 보인다
사내의 몸은 물이 되고 머리는 사실로
둥 둥 떠 있다 너무 멀리 가서
머리가 없어지고 전신이
강이 된 여자도 있다 거기 있었다는
증거는 강이 가져갔다 물 위에 있지만
사내의 머리를 찾아가는 새는 없다
햇볕만 내려와 엉기다가 풀리고
그러나 강변의 사람들은 물이 되지 않고
물 밖에서 벗은 몸이 사실로 있다

비둘기의 삶

1

죽은 수양버들의 굵은 몸뚱이가 물 곁에 아직 박혀 있다
수초들은 함께 와와와 물속으로 발을 내딛는다
물은 수초를 피해 길을 잡고
물에 잠긴 길은 양광으로 반짝인다

2

언덕의 잔디에 자리를 깔고 머리가 하얀 여자가 햇볕을 쬐고 있다
물론 알몸이다 처진 두 개의 유방이 반쯤 들어올린 오른쪽 다리로
각각 다른 동서 세계에 속해 있다
양광은 후방위에서 금빛이다

3

건너편 물가에서 왜가리 한 마리기 고개를 바짝 들고 있나
물의 길은 왜가리의 모가지 가운데쯤에 걸쳐 있다
물의 건너편을 보느라고 왼쪽 다리가 비스듬히 하염없이 들려

있다

4

언덕의 구석에서 잘 자란 수양버들 밑에서 한 사내가 물에 발을
뻗는다
물론 알몸이다 그러나 사내의 몸은 전방위에서 어둡고
물로 기울고 남근은 보이지 않는다
물의 길은 이쪽으로 지나가지 않는다

5

숲이 우거진 물가의 물에는 고무 보트가 한 척 떠 있다
보트에는 알몸의 여자가 누워서 햇볕을 쬐고 있다
양광에도 젖꼭지와 배꼽과 음모는 시커멓다
보트 밖으로 삐쭉 나와 있는 한쪽 발이 물빛이다

6

털투성이 개 한 마리가 보트 위의 여자를 향해 맹렬히 뛰어온다
물의 길이 부서진다
지나온 개의 길이 하늘에 숨는다

7

비둘기 열두 마리가 이 언덕 저 언덕을 종종종 오가며 논다
그림자는 항상 다리에 바짝 붙어서 걷는다
……아직은 양광이다

무릉
—다시, 김현에게

武陵에는 네거리에 사람이 없는 검문소가 하나 있다
안과 밖으로 검문은 스스로 행해야 한다
오른쪽은 절과 심산으로 가는 길이다
왼쪽은 강으로 이어진 길이며
앞은 논밭과 약초를 기르는 사람들의 길이다
우리가 무릉으로 들어온
뒤는 酒泉을 건너는 다리이다
오른쪽의 길에는 길 양편으로 각각 가게가 있다
목을 축이고 싶은 사람은 어느 쪽도 선택할 수 있다
오른쪽의 끝은 우체국이므로 심산에 가기 전에
할 말이 있는 사람은 이곳에 들러도 된다
왼쪽은 잡풀 우거진 들판이 강으로 가는 길을 만든다
앞은 느티나무가 다섯 가구를 모으고 있는 넓은 경작지이다
논에는 벼가 밭에는 인삼과 다른 약초가 무성하다
우리가 들어온 주천을 건너준 다리는
이 무릉의 유일한 입구이다

무릉은 사람이 지키지 않는 검문소가 있는
네거리의 전후좌우에 있다
아직은 열한 가구가 산다

나는 지금 낚시 가방을 들고 강변에 있다
비가 온 뒤라 흙탕의 강물이 많이 불었다

조주의 집 1

강원도 영월의 수주에서 넓은 길이
갑자기 턱 끊어져 없어진 武陵에
한 趙州의 집이 있다 당연히
趙州의 집이라 뜰 앞에는 잣나무가 있고
자주 아니 가끔
끊어진 길을 보고도 돌아서지 못하고
곧장 이어지는 길을 묻는 자들이
잣나무의 그늘을 찾기도 한다

오늘 이 趙州의 집 잣나무에는
가슴이 붉은 딱새 한 마리가 왔다
갔다 밑에서부터 네번째에 있는 가지
동쪽에서 서쪽으로 하늘을
파고 있는 그 가지에 앉았다가
갔다 인간의 시간으로는 약 5분쯤
두 다리로 온몸을 들고 한동안
앉았다가 앞뒤로 몸을
흔들며 동쪽을 보다가
주섬주섬 두 다리를 챙겨
서쪽으로 갔다

조주의 집 2

趙州의 집 뜰 앞에는 다른
나무들도 많다 趙州의 방 바로 앞에
오래된 잣나무 한 그루가 있고
조금 떨어진 동쪽 담장 곁에는
벚나무가 우뚝 서서
밖에까지 넘보고 향나무와 측백
그리고 풀명자와 부용이
각각 무리가 되어
남쪽을 점령하고 있다 해가 지는
서쪽의 바깥에는 유독
아카시아 무리가 들끓는다

또 다른 나무 한 그루는
그 집에 사는 한 사내가 혼자
자주 가서 서 있는
서쪽으로 조금 치우친
이 집의 구석에 있다
태어나면서부터 잎이 붉은
이 나무는 서쪽만 제외하고
위로 뻗는 가지와
다른 쪽의 가지가 모두 잘려

있다 거칠게 잘린
그 가지 끝으로 가끔 새가 와서
하늘을 보며
오오래 앉았다가 간다
사마귀는 그러나 밑에서 기고
서쪽에서는
그곳으로 자란 가지들이 모여
모든 잎을 들고 위에 덮인 하늘의
색깔을 바꾸고 있다

조주의 집 3

뜰 앞의 잣나무는 멀리 있는 산보다
집에서는 훨씬 높다
그 높이의 층층 사이의 허공을
빈틈없이 하늘이 찾아들어 잎이며
가지의 푸른 배경이 되어 있다
가지와 가지 사이가 너무 깊고 넓어
거미가 줄을 치고 허공을
얽어맨 곳도 있다 언제부터인지
머리 가까운 높이에서 가지
두 개가 부러져 누렇게
말라가면서 눈부시다
이 집에 사는 사내는 몇 년 전에
지나다니기가 불편하다고 잣나무
밑부분의 가지를 서너 개 잘라버렸다
그 자리에는 가지 대신 투명한
공기가 가득 뻗어 있다

……………그리고
지상에 태양만 나타나면
뜰 앞의 잣나무가 열린 창문으로
들어가 책상 위의 趙州錄을

그늘로 가둔다

뜰의 호흡

오후 2시 나비가 한 마리
저공으로 날았다 나비가 울타리를
넘기 전에 새가 한 마리
급히 솟아올랐다 하강하고 잠자리가
네 마리 동서를 천천히
가로질러 갔다 동쪽의 자작나무와 서쪽의
아카시아나무 사이의 이 칠십 평의
우주는 잠시 잔디만 부풀었다
다시 남동쪽 잔디 위로 메뚜기
한 마리가 펄쩍 뛰고
햇빛은 전방위로 쏟아졌다 그리고 적막이
찾아왔다가 토끼풀 위로 기는
개미 한 마리와 함께 사라졌다
잠자리 두 마리가 교미하며 날았다
어린 메뚜기 세 마리가
차례로 뛰었다 사마귀 한 마리가 잔디밭
구석의 돌 위로 기어올랐다
그사이에 동쪽의 자작나무 잎들이
와르르 바람에 쏟아졌다 순간
검은 나비 한 마리 서쪽 울타리를 넘다가
되넘어 잠복하고 이 우주는

오로지 텅 빈다 와르르 쏟아지던
자작나무 잎들이 멈추고 웃자란
잔디의 끝만 몇 개 솟아오른다

뜰 앞의 나무

가지 하나, 벽을 타넘고 있다
가지 하나, 벽을 타넘고 있는
          가지를 넘고 있다
가지 하나, 지나가는 새를
          가지 위에 앉혀놓고
모가지와 몸통을 가볍게
따로 분리시키고 있다
가지 하나, 분리된 몸과 머리를
          다시 꿰매고 있다
가지 하나, 뻗는 가지와 솟구치는
          가지 사이를 가고 있다
아무도 가지 않는 길을
막고 있지 않다
가지 하나, 허공에
          중독되어 있다

1994

대문이 열려 있는 동쪽이
아니라 대문도 울타리도 길도
아무것도 없는 지붕 위의
한 귀퉁이에 걸린
하늘을 뚫고 처음으로 1994년의
잠자리 두 마리가
불쑥 뜰 안쪽에 나타났다

1994년 5월 19일
급히 시계를 보니 바늘이
오후 3시 14분을
긁고 있었다

두 마리는 서툴게 허공을
서너 번 열고 다니더니
몸을 옮겨 잔디밭 위로 와서
죽은 서나무 마른 가지를
가운데 두고

낮게
높게

천천히 그리고
빠르게

그 하늘에
몸을 가지고
머물며
내려다보며 돌아보며
어두워질 때까지
거기 있다가
갔다 그러나
다시 오지 않았다

초록 스탠드와 빨간 전화기

마을에서 외딴 강변의 그 흰 슬래브집은
떡쑥의 무리가 창궐하는 서쪽 땅에 있습니다
서쪽으로 가는 길은 어느 곳에서나
아무도 아무것도 방해하지 않습니다
여기서도 그 흰 슬래브집의 녹슨 대문까지는
직선으로 망초가 달리다 턱 멈춘 길입니다
앞뜰은 온통 서쪽 하늘이 꽉 차서 작은
쇠박새나 굴뚝새 외는 들어설 곳이 없습니다
집은 그 하늘에 반쯤 잠겨 떠 있고
반투명의 한 중년 사내가 맨발로 삽니다
그가 앉은 거실의 책상 위에는 쥐라기의
공룡들이 오늘도 다른 초원으로 이동하고 있습니다
거대한 공룡도 무리 속에 있어야 자기로부터
해방됩니다 되기 위하여 모래 구름을 일으키며
하늘의 앞뜰에 파놓은 계곡 같은 발자국들
맨발로 그 발자국 속으로 달려가버린 그의
책상 한구석에는, 실종의 지문 같은, 흐린
초록 스탠드와
빨간 전화기

마을을 향하여

무릉에서는 마을로 가려면 흐르는
강을 등에 져야 합니다 함부로
길을 떠나지 않는 집들이 있는 마을은
몸이 들어가는 길이라서
몸에 붙어 있는 두 다리로
걸어서 가야 합니다 등줄기를 치는
물소리를 뒤에 두고 가다 보면
담장에 자주 막혀 길이 혼자
허옇게 골목을 돌아 산으로
가기도 합니다 마을로 가려면
이 길을 둘둘 되말아 가야 합니다
경운기로는 길이 잘 찢어져서
싣고 가기 힘이 듭니다
길은 그러나 때로 가벼워서 들고
가도 그다지 무겁지는 않습니다
무릉에서는 마을로 가려면
길이 하나인 산을 지나
길이 많은 들로 가야 합니다

우주 1

필터가 노란 던힐을 물고 김병익이 머리를 하늘에 기대고 있다
2-A 출석부를 들고 어제까지는 305였던 강의실로 최창학이 간다
무슨 일인지 바지를 입고 두 다리로 김혜순이 걷고 있다
정장을 하고 이창기가 윤희상과 함께 별관으로 간다
남산 가는 길로 남진우가 출강을 하고 있다
김현이 서 있던 자리에 이번에는 코스모스가 서 있다
이원이 문구점 앞에 서 있더니 어느새 층계 위에 서 있다
길에서 이광호가 새삼 다리를 내려다보고 있다
박기동이 사람과 어울려 남산의 밑으로 가고 있다
(강의 물이 보이는 여의도에 김옥영이 있다)
문창과 93학번 1학년 학생을 강의실에 두고 박혜경이 간다

우주 2

뜰 앞의 잣나무가 밝은 쪽에서 어두운 쪽으로 비에 젖는다
서쪽 강변의 아카시아가 강에서 채전 방향으로 비에 젖는다
아카시아 뒤의 은사시나무는 앞은 아카시아가 가져가 없어지고
옆구리로 비에 젖는다
뜰 밖 언덕에 한 그루 남은 달맞이가 꽃에서 잎으로 비에 젖는다
젖을 일이 없는 강의 물소리가 비의 줄기와 줄기 사이에 가득 찬다

우주 3

호르헤 루이스 보르헤스가 오늘은
방대한 양의 책을 쓴다는 것은 쓸데없이
힘만 낭비하는 정신 나간 짓이다라고
나에게 말한다 어제는 밀란 쿤데라가
자기 소설 『삶은 다른 곳에』를 말했다
서술 유형을 말하자면 제일부는 연속적
이부는 몽환적 삼부는 비연속적 사부는
다성적 오부는 연속적 육부도
연속적 칠부는 다성적 서술이란다
소설을 음악에 비교해 이야기하자면
한 부는 박자며 각 장은 소절이라
길기도 하고 짧기도 하단다
그래서 『삶은 다른 곳에』는 이렇다
　　　1부 71면 11장　모데라토
　　　2부 31면 14장　알레그로토
　　　3부 82면 28장　알레그로
　　　4부 30면 25장　프레스티시모
　　　5부 96면 11장　모데라토
　　　6부 26면 17장　아다지오
　　　7부 28면 23장　프레스토
오토가 왕이었을 때

오토가 왕이었을 때
하고 노래하는 아그네스 발차는
오늘도 카세트테이프 안에 있다
그녀를 따라 나도 노래한다
언젠가 그게 언제인가 바르트가
이렇게 말한 것이
상처가 깊으면
주체는 더욱 주체가 된다
상처란 무시무시한 내면성이다라고
등 뒤에서 속삭이는 아그네스를 두고
창가에 서서 흐르는 강과 마주 선다
강과 마주 서는 내가 이상한지
지나가던 이웃집 팔순 할머니가
내 눈 안에까지 걸어 들어온다

1) 보르헤스, 『픽션들』(서문), 황병하 역, 민음사.

2) 쿤데라, 『소설과 우리들의 시대』, 권오룡 역, 책세상.

3) 바르트, 『사랑의 단상』, 김희영 역, 문학과지성사.

4) Agnes Baltsa, 그리스 여가수.

우주 4

되새의 무리가 오늘은 덩굴장미 밑으로 와서
마른 쥐똥나무 울타리 위로 날았다
붉은뺨멧새가 오늘은 뜰 밖의 덤불 속에서
자주 길을 뚫었다 아직
숲으로 돌아가지 않은 박새 한 마리가
외롭게 뜰 구석 조팝나무에서 흔들렸다
이백이 넘는 쑥새의 무리가 집 옆
빈 들깨밭에서 까맣게 바람에 날렸다

저녁에는 뜰 앞 강변에서 원산지가 칠레라는
달맞이꽃 위에 머무는
다른 별에서 온 빛을 급히 뭉개며
이름을 알 수 없는 새 한 무리가
달빛 어딘가로 몸을 숨겼다

애인을 찾아서

中央線을 타야 했다
여름은 계속되었다
中央線은 中央을 지나가지
않았다 걸어가야
하는 길이 대부분이었다
길은 악착같이
도깨비바늘이 달라붙었다
떼어낸 도깨비바늘을
움켜쥐고 걸었다
갈림길은 예고 없이 나타났다
中央線을 타야 했다
교회를 지나가야 했다
낡은 창고 같았다
닫힌 문과 무너진 울타리를
지나자 비행장이 있었다
활주로 곳곳에는 바랭이가
허리까지 자라고 있었다
그곳에서 길이 끊겼다
광활한 길이었다

지는 해

그때 나는 강변의 간이 주점 근처에 있었다
해가 지고 있었다
주점 근처에는 사람들이 서서 각각 있었다
한 사내의 머리로 해가 지고 있었다
두 손으로 가방을 움켜쥔 여학생이 지는 해를 보고 있었다
젊은 남녀 한 쌍이 지는 해를 손을 잡고 보고 있었다
주점의 뒷문으로도 지는 해가 보였다
한 사내가 지는 해를 보다가 무엇이라고 중얼거렸다
가방을 고쳐 쥐며 여학생이 몸을 한 번 비틀었다
젊은 남녀가 잠깐 서로 쳐다보며 아득하게 웃었다
나는 옷 밖으로 쑥 나와 있는 내 목덜미를 만졌다
한 사내가 좌측에서 주춤주춤 시야 밖으로 나갔다
해가 지고 있었다

소년과 나무

한 소년이 나무를 끌어안고
앞을 보고 있다 햇빛이
벽처럼 앞을 가리고 있다
앞이 파도치는지 나무가 파도치는지
두 팔로 나무를 가슴에 바짝 끌어안고
눈을 찡그리고 한 소년이 나무 뒤로
한쪽 귀를 따로 숨기고 있다
나무는 앞을 보지 않고 처음부터
위를 본다 그곳은 사람이
살지 않는 하늘이다
그림자들은 아예 하늘을 보고 눕는다
돌들은 그래도 어깨를 바람 속에 내놓고
구를 시간을 익힌다
한 소년이 그러나 나무를 끌어안고
앞을 보고 있다 앞을 바라보는
두 눈의 동자는 칠흑이다

제비꽃

두 소녀가 맨발로 대지를 딛고
서 있다 두 소녀가 손을 서로 잡고
그러나 눈은 다른 방향에서 반짝하며
뒤로 층층을 이루고 있는
들과 산과 산의 나무에 등을
기대고 서 있다 들에서는
열매 속에 하모니카가 들어 있다는
옥수수가 자라 그들 발의 등까지
와 있다 산에는 철쭉이 한창이라
산을 기대고 있는
두 소녀의 블라우스에도
꽃물이 조금씩 묻었다 헬리콥터가
하늘에 붙은 한 소녀의
뺨을 쓸며 지나가고 다시 적막이
허공에 놓인다 그래도 두 소녀는 아직
맨발로 대지를 딛고 서서 서로 손을 잡고
있다 가끔 앞으로 얼굴이 조금씩
기울어진다 그래도

두툼한 두 소녀의 맨발 곁에서
대지에 뿌리를 둔 제비꽃이 파랗다

들찔레와 향기

사내애와 계집애가 둘이 마주 보고
쪼그리고 앉아 오줌을 누고 있다
오줌 줄기가 발을 적시는 줄도 모르고
서로 오줌이 나오는 구멍을 보며
눈을 껌벅거린다 그래도 바람은 사내애와
계집애 사이 강물 소리를 내려놓고 간다
하늘 한켠에는 낮달이 버려져 있고
들찔레 덩굴이 강아지처럼
땅바닥을 헤집고 있는 강변
플라스틱 트럭으로 흙을 나르며 놀던

방

창은 지금 방에 속하지
않고 하늘에 속해 있다
창은 허공과 빛을
구분하지 않고 방으로
옮긴다 나는 온몸을 들고
한쪽으로 창을 받으며 거울 앞에
서 있다 거울 안에는
창이 들여보낸 하늘과
구름과 언덕이 밑바닥에까지
가득 차 있다 나도
상체를 거울 속에 넣고
바닥으로 들여보낸다
순간 하늘과 언덕이
내 몸에 안긴다
나는 하늘과 구름과 공기와
언덕과 나무와 바람을 모두
안고 거울 밖의 나를 유심히
쳐다본다 그래도
털썩 하고 아니 우두둑 하고
내 몸이 바닥에 깔리며
뭉개지는 소리는

들리지 않는다

새

커튼 한쪽의 쇠고리를 털털털 왼쪽으로 잡아당긴다 세계의 일부
가 차단된다 그 세계의 일부가 방 안의 光度를 가져가버린다 액자
속에 담아놓은 세계의 그림도 명징성을 박탈당한다 내 안이 반쯤
닫힌다 닫힌 커튼의 하복부가 불안정하게 흔들린다 다른 한쪽 커튼
을 쥐고 있는 내 손이 아직 닫히지 않고 열려 있는 세계에 노출되어
있다 그 세계에 사는 맞은편의 사람들이 보이지 않는다 집의 門들
이 닫혀 있다 열린 세계의 닫힌 창이 하늘을 내 앞으로 반사한다 태
양이 없는 파란 공간이다 그래도 눈부시다 낯선 새 한 마리가 울지
않고 다리를 숨기고 그곳에 묻힌다 봉분 없는 하늘이 아름답다

꽃과 그림자

나는 지금 꽃밭 속에 아니 꽃 속에
있다 흰 꽃의 그림자가 검다
붉은 꽃의 그림자가 검다 그래도
나는 그림자 속에 들어가 잘 논다
꽃밭 한쪽에 나와 애인의 집이
하늘을 지고 있다 애인의 방은 비어 있다
담벽 너머 보는 산들이 검다 나무들은
불을 켜고 하늘을 보지 않는다
애인 대신 덩굴장미 사이로 난 길을
흰나비가 날아가는 길이 있다
날아가는 길 밑은 가시가 많다
마른 시멘트가 뜰에서 부풀다가 깨어진다
여행 중인 애인은 가끔
소식만 보내온다 살아 있어 어디서나
땀이 난다고 한다 지평선이
때로 해를 버린다고 한다
식탁 위의 우유와 벽이 함께 희다고 한다
침대의 시트 색깔이 거기서도
희다고 한다 나는 지금 꽃밭 속에
아니 꽃 속에 있다
흰 꽃의 그림자가 검다 그래도 잘 논다

붉은 꽃의 그림자가 검다 그래도
나는 그림자 속에 들어가 잘 논다
나는 그림자 없이 검다 잘 논다
발에 밟히는 흙은 부풀고
육체에 닿은 잎들은 감미롭다
나의 방과 비어 있는 애인의 방으로
가는 길도 풀들이 새파랗다
풀밭은 발바닥부터 간지럽다

거리의 시간

감동할 시간도 주지 않고 한 사내가
간다 감동할 시간도 주지 않고
뒷머리를 질끈 동여맨 여자의 모가지 하나가
여러 사내 어깨 사이에 끼인다
급히 여자가 자기의 모가지를 남의 몸에
붙인다 두 발짝 가더니 다시
모가지를 남의 어깨 위에 붙여놓는다 나는
사람들을 비키며 제자리에 붙인다
감동할 시간도 주지 않고 한 여자의
핸드백과 한 여자의 아랫도리 사이
하얀 성모 마리아의 가슴에
주전자가 올라붙는다 마리아의 한쪽 가슴에서
물이 줄줄 흐른다 놀란 여자 하나
그 자리에 멈춘다 아스팔트가 꿈틀한다
꾹꾹 아스팔트를 제압하며 승용차가
간다 또 한 대 두 대의 트럭이
이런 사내와 저런 여자들을 썩썩 뭉개며
간다 사내와 여자들이 뭉개지며 감동할
시간을 주지 않고
나는 시간을 따로 잘라내어 만든다

외곽

버스가 언제 오느냐는 단지 시간의 문제이다

버스 정거장 푯말이 하나 있다 쇠기둥과 나란히 선 한 사
내의 얼굴도 팻말처럼 동그랗다 동그랗고 차다 차들이 다
니는 길 안쪽 경흥공업주식회사 건물은 사철 푸른 나무
울타리가 꽉꽉 지키고 있다 스포츠형 머리의 학생이 휘파
람을 불며 사철나무 아랫도리를 구둣발로 내지르고 있다
퍽, 퍽, 퍽, 둔탁한 소리가 울타리 끝까지 가는지 길 모서
리의 잎들 함께 주르르 눕고 있다 순간 이쪽으로 무심하
게 돌아보는 사내의 터진 양복 상의 밑자락 사이로 악어
혁대가 노출되었다 다시 감춰진다 관광용 리무진 버스 두
대가 지나간다 보도블록이 덜덜덜 떠는 사이에 리어카를
밀고 고물장수가 온다 리어카 한 귀퉁이 매달린 냄비 하
나와 여자 인형 모가지가 늘어져 간들거린다 또 한 대의
관광용 리무진이 지나간다 차창은 모두 닫혀 있다 사내
머리 위로는 베니어판 모양의 구름이 떠 있다 버스가 올
방향에서 자전거를 몰아대며 택시가 오고 있다 스포츠형
머리는 계속 줄을 서 있는 사철나무를 노려보며 나무 아
랫도리를 퍽, 퍽, 발로 내지르고 있다 비틀비틀 낙하하던
상한 잎 하나 두울 세엣 그의 몸에 털썩 붙고 있다

버스가 언제 오느냐는 단치 시간의 문제이다

1991. 10. 10, 10 : 10～10 : 11

6번 버스가 도착한다 진행 방향으로 열린 시월이 잠시 밀린다 떨어진 플라타너스 잎 두 개가 몸을 뒤집는다 한 사내 6번 버스에서 내린다 오른발이 허공의 햇볕에 구두와 함께 떠오르다가 햇볕을 두고 곧장 내려온다 상체가 보도 쪽으로 기울다가 두 발이 지상에서 나란히 평화롭자 바로 선다 사내의 코앞으로 (주)대현의 마르조를 입은 여자가 (2PS)Wine, Grey, (JK/SK) Wool 100% 가을로 또각거린다

그의 방

그의 방에는 침대가 하나 식탁이 하나
의자가 둘
그의 방에는 조리대가 하나 가스레인지가 하나
수도꼭지가 하나
조리대가 붙은 벽면 뒤로는 보이지 않는
화장실이 하나
그의 방에는 낡은 냉장고 하나 방바닥에 놓인
전기밥솥 하나 비닐로 만든 간이 옷장 하나
천장에는 동그란 형광등 하나

그의 방 침대에는 베개 하나와 월간
부동산정보 한 권
그의 식탁 위에는 먹다 둔 스포츠 음료 이오니카
하나와 허브─큐 한 통 종합 비타민
센트륨 한 통 버려진 메모지 두 장
조리대 위에는 플라스틱 도마 하나 정방형
알루미늄 쟁반 하나 수저통 하나 트리오 하나
젖은 행주 하나 못에 걸린 국자 하나
그의 가스레인지 위에는 국냄비 하나
물주전자 하나 그리고 가스 안전 밸브 위에 붙은
가스 사용 안전 수칙 한 장

냉장고(안은 문이 잠겨) 위에는 라면 박스 하나
옥수수차 한 통 검고 흰 빈 비닐 봉투 둘

………나머지
그의 방에는 켜놓은 채 그냥 둔
천장 형광의 흘러내리는 불빛

숲속

레스토랑 숲속. 오후가 세계를 텅 비워놓았다. 텅 빈 세계의 의자가 바위보다 깊다. 이 숲속은 남산으로 가려는 사람에게는 오른쪽, 명동으로 가려는 사람에게는 해 지는 쪽에 있다. 명동으로 가는 사람은 이곳으로 오지 않는다. 오지 않는 사람을 밀고 한 여자가 세계의 한 오후를 감당하고 있다. 세계 속의 단 한 줄기의 바람이다. 오후가 출렁할 때마다 나는 남산을 껴안는다. 남산보다 먼저 그녀가 나의 오관을 비집고 심장 한구석에 자리 잡고 있다. 내 심장 한구석에 그녀가 의자를 놓고 있은 지가 퍽 오래되었다는 사실을 깨닫는다. 내 심장의 한쪽 무게로 의자 한쪽이 푹 꺼져 있다. 한 여자가 이 숲속의 유일한 숲이다. 어디선가 새 지저귀는 소리가 들린다. 그 소리의 바람 끝에 한 여자의 덩굴숲이 보인다. 명동을 가리며 빨간 열매가 익고 있다. 익은 열매가 육체를 주체 못 해 덩굴 한쪽을 부수고 있다. 나는 그 사이를 통해 한 세계를 훔친다. 나와 함께 무너진 덩굴 사이로 태양이 들어온다. 나는 다시 그 덩굴을 조심스럽게 심장의 한구석에 놓는다. 태양까지 함께 들어와서 내가 뜨겁다. 내 상처 어딘가가 소각되는지 타는 냄새가 난다. 다시 쳐다봐도 세계의 오후는 텅 비어 있다. 한 여자만 물과 불로 탄다. 바람이 인다. 한 여자가 바람으로 부는 숲이 없는 레스토랑 숲속은 명동 입구에 있다.

잘생긴 노란 바나나

레스토랑 숲길 앞에 리어카 한 대
놓여 있다 숲길로 가는 사람은 그래도
방해받지 않는다 열린 길이 몇 개나
있다 나는 구태여 길 하나를 막지 않는다
내 몸의 바퀴가 먼저 비킨다
주인은 어디 숨고 쌓인 바나나들이 리어카
바퀴를 유혹한다 바퀴살보다 내가
더 긴장한다 바람이 조금만 불어도
뒤꽁무니에 매달린 비닐 봉투들이
성급하게 일어섰다 주저앉는다 쉽게 공복의
배가 흥분했다 접힌다 씩씩한 自國軍人들이
총을 들고 아침처럼 지나간다 나는
길 밖으로 밀린다 리어카는 밀리지 않는다
나는 리어카를 앞세워 멈추어 서고 쥐 몇 마리
숲길 안에서 자기의 몸을 지운다 잘생긴
노란 바나나가 너무 눈부신지 눈부신지
아무도 가까이 오지 않는다 나는
숨은 주인의 의자를 내 앞으로 끌어당긴다

밥그릇과 모래

그 방에 들어가려면 벽에 걸려 있는 밥그릇부터 보아야 한다 無用이 그린 그 밥그릇 하나는 전지 반 장의 아래쪽 한구석에서 오른쪽으로 기울어 있다 그래도 담긴 밥이 쏟아지지 않는다 안심하고 오른쪽으로 기운 방향의 앞에 CATHAY PACIFIC이 이곳까지 보낸 달력이 있다 오늘을 중심으로 하고 과거의 오늘과 미래의 오늘이 꽉 차 있다 그 오늘이 CATHAY PACIFIC의 말투를 빌려 Arrive in better sharpe 하고 도착 시간을 정확히 요청한다 '베터 샵'하게 둥그런 추가 왔다 갔다 하는 낡은 벽시계가 건너편 벽을 밝힌다 고개를 숙일 필요는 없다 천장은 자존심을 건드리지는 않는다 그러나 사방의 벽은 회색의 바탕 위에 갈대들이 우우우우우우— 가득 차고 새 한 마리 날지 않는다 이 위험한 갈대숲에 들어가는 사람은 아무도 없다 오른쪽으로 길을 꺾으면 문이 하나 있다 방이다 그곳에서도 갈대는 끝이 없다 입구에 뻥 하고 그림이 하나 달려 있다 벌거벗은 어머니가 젖통과 아랫도리를 다 내놓고 누워서 하늘을 보고 있는 알몸의 아들을 껴안고 있다 최영림 화백이 이 모자의 몸이며 얼굴에다 모래를 덕지덕지 발라놓았다 모래가 우수수수수— 떨어진다 방에 들어가려면 이 모래 속으로 모래 속으로 들어가야 한다 아 모래의 속도 차고 따뜻하다

그림과 나

도둑이 칼을 들고 장사치들을
협박하고 있다 산속에서 도둑은
즐겁다 숲이 말을 삼가고
있다 장사치 여섯 아니 일곱이
더러는 두 손으로 빌고
더러는 두 손을 들고 도둑 쪽으로
발로 봇짐을 밀어놓고 멀찍하게 서서
빌고 있다 목숨을 구걸하고 있다
길이 언덕 너머로 가다가 잠깐
걸음을 중단하고 있다 삼국 시대부터
지금까지 길의 중단이 이곳의
그림 속에 계속되고 있다 도둑도
더 이상 접근하지 않는다 모두
나의 관여를 기다린다 다른 세계와
마찬가지이다 땅에 내려진 지게도
긴장하고 있다 내가 관여하는 동안
아니 숲이 침묵하는 동안 도둑도
장사치들도 말을 삼간다 밖에서
나귀가 방울을 딸랑거리며 도둑을
부르는지 도둑의 칼이 한순간
더 빛난다 나무 뒤에 숨어 모습을

볼 수 없는 사슴 몇몇이 나에게
밖으로 나가자고 한다 나는 이곳
이 순간의 모든 동작을 동결해놓고
견딘다 전화의 벨이 급히 운다
저 밖에서 누군가 내가 있는 곳을
안다 알고 있어야 하리라

횔덜린의 그 집
—튀빙겐에서

그 집은 네카 강변에 있다
그 집은 지상의 삼층이다
일층은 땅에
삼층은 뾰족하게 하늘에
속해 있다 그 사이에
사각의 창이 많은
이층이 있다
방 안의 어둠은 창을 피해
서 있다
회랑의 창은 모두
햇빛에 닿아 있다
그 집은 지상의 삼층이다
일층은 흙 속에
삼층은 둥글게 공기 속에 있다
이층에는 인간의 집답게
창이 많다
네카 강변의 담쟁이덩굴 가운데
몇몇은
그 집 삼층까지 간다

民畵 1

고층 아파트 단지의 화단에서
牧丹꽃 다섯 송이
제멋대로 하늘을
들고 있다 두 놈은 왼쪽에서
오른쪽으로 세 놈은 오른쪽에서
왼쪽으로 뻗다가 어깨를
바로 세우고 그래도
장엄하다―고 웃고 있다
노랑나비건 호랑나비건 배추
흰나비건 오면 모두
환영한다 나비가 오고 가는
길이 하늘이다 어깨를
바로잡는 순간이 하늘에
닿는 시간이다 牧丹꽃
다섯 송이 앞에 보지
두덩이 도톰하게 드러나도록
쪼그리고 앉은
젊은 아낙이 장바구니를
내려놓고 나비가 가는
길을 따라가다가 멈추고
따라가다가 멈춘다

목단꽃은 서 있다 그렇다
그대로 장엄하다

民畵 2

핫팬츠를 입은 젊은
아낙 둘이 함께
슈퍼마켓을 나와 아파트
한켠 화단의 牧丹꽃 앞에서
목젖을 내놓고 웃고 있다
구멍이 있는 입 안도
유구한 자연이다
사타구니 사이에는 하늘도
가득하다 장바구니에 담긴
애기호박 하나
풋고추와 부추 한 주먹
생리대 한 통
한 아낙의 팔뚝에 매달려
바람을 저울질한다
다른 아낙 등에는
머리를 뒤로 벌렁 잦히고
코를 하늘에 처박고
눈을 감고
젖먹이가 코를 흘린디
하늘을 베고 눕기는 그러나
누구나 불편하다

하늘을 베고 누워서
아이도 땀을 흘린다

民畵 3

아파트 단지의 작은 연못에
비단잉어가 꼬리를 흔들며
졸고 있다 더럽지만 그러나
하늘과 한몸이 된 물은 잔잔하고
하늘과 한몸인 물을 몸에 넣고
비단잉어의 몸이 둥글둥글
부풀어 있다 물가의 바랭이와
개쑥갓에 몸을 두고
나비 두 마리 더듬이를
펴고 물을 말아올린다
길 어디선가 돌 돌 돌
돌 부딪치는 소리가 난다
더듬이가 하늘에서 물까지
걸쳐진다 그러나 나비의
더듬이는 하늘만 말아올린다
얼마나 말아올렸는지
아파트 건물이 나비 쪽으로
기우뚱하다 바지를 내리고
오줌을 갈기던 아이 하나
놀라 줄기를 뻗고 있는
고추를 잡은 채 길고긴

나비의 더듬이를 보고 있다

시월 俗說

강아지 세 마리가 네 다리로 땅을 딛고 서 있습니다

쭉 쭉 뻗고 있는 길 한가운데 네 다리로 서서 딛고 있습니다

그 길은 집과 담을 지나 산을 넘고 있습니다

강아지는 그러나 네 다리로 땅을 딛고 아직은 꼬리만 산에 걸려
있습니다

작은 발등에 일광이 가득합니다

한 마리가 지금 막 일광을 탁탁 떨며 길을 막고 있는 돌무더기를
기어 넘고 있습니다

그 강아지 한쪽 눈에 코스모스가 들어가 꽃을 매답니다

잡풀과 함께

시간과 시간 사이를
　　　시쇠비름이 파고든다
　　　시간과 시간에 밀려
　　　잎과 잎의 얼굴이
　　　달라진다
시간과 시간 사이의
　　　쇠뜨기가
　　　살갈퀴가
　　　엉겅퀴가
　　　지상에 몸을 둔다
　　　먼저 몸을 둔 것들은
　　　이미 자기를 닮는다
시간과 시간 사이의
　　　씀바귀가
　　　뽀리냉이가
　　　떡쑥이
　　　엉뚱한 곳에서
　　　인간의
　　　길을 좁힌다
　　　바람은 땅이 아닌
　　　하늘에서

구름을 몬다
시간과 시간 사이를
　　한 시인이 지나간다
　　시간의 아니 장소의
　　흙냄새가
　　신발 밑에 붙는다

나와 모래

나는 해변의 모래밭에 지금 있다
바다는 하나이고 모래는 헤아릴 길 없다
모래가 사랑이라면 아니 절망이라면 꿈이라면
모래는 또한 죽음, 공포, 허위, 모순, 자유이고
모래는 또한 반동, 혁명, 폭력, 사기, 공갈이다

　　수사적으로, 비유적으로, 존재적으로,
　　모래(사물)와 사랑, 절망(관념)……은
　　동격이다 우리는 이를
　　원관념＝보조관념의 등식으로 표시한다
　　그래서 모래는 끝없이 다른 그 무엇이다
　　오, 그래서 모래는 끝없이, 빌어먹을

　나는 사랑을 발로 밟는다 밟아도 사랑은 발가락 사이를 파고든다
그래 사랑은 간지럽다
　나는 절망을 짓뭉갠다 짓뭉개지는 절망이 발의 뒤꿈치에서 간지
럽다
　나는 꿈을 파헤친다 아니다 꿈의 속을 더듬는다 마른 꿈 밑의 젖
은 꿈에 내 손이 젖는다
　나는 죽음을 깔고 앉는다 엉덩이만큼 푹 죽음이 들어간다 앉은
사타구니 사이에는 그러나 죽음이 그대로 고개를 내밀고 있다

나는 모순을

나는 허위를

나는 공포를 움켜쥔다 손가락 사이로 빠져나간다

나는 자유를 다시 움켜쥔다 손가락 사이로 역시 빠져나간다 손바닥을 탁탁 터니 붙어 있던 자유가 날려 떨어진다 자유는 정말 가볍다

나는 반동을 쓰다듬는다 손이 지나간 자리에 반동의 매끈한 길이 생긴다

나는 혁명을 밟고 나아간다 혁명은 뒤에 발자국을 꽉 꽉 파놓는다

나는 앉아서 두 손으로 사기를 친다 튕겨나가는 사기와 밀려 쌓이는 사기에 내 손이 아프다

나는 폭력을 뿌린다

나는 공갈을 친다 폭력과 공갈이 나를 휩싸며 뿌옇게 나의 눈과 귀와 코와 입을 사정없이 덮친다

나는 반동을

나는 혁명을

나는 사기를

나는 폭력을

나는 공갈을 움켜쥔다 움켜쥐는 순간은 감미롭다

하나의 공갈은

하나의 폭력은

하나의 사기는
하나의 혁명은
하나의 반동은 너무 작아 움켜쥐어지지 않는다
　　　　　너무 작아 간지럽다

나는 해변의 모래밭에 지금 있다
모래는 하나이고 관념은 너무 많다
모래는 너무 작고
모래는 너무 많다 아니다
관념은 너무 작고
모래는 너무 크다

　　　역사적으로, 문화적으로, 존재적으로,
　　　모래(사물)는 사랑, 절망……에
　　　복무한다 우리는 이것을 인본주의라는
　　　말로 표현한다 오, 빌어먹을 시인들이여
　　　그래서 모래는 대체 관념이다 끝없이
　　　모래가 아닌 다른 그 무엇을 반짝이고

모래가 사랑이라면 아니 절망이라면 꿈이라면
모래는 또한 가가호호, 가당, 가혹, 간혹, 갈망, 걸귀, 경멸, 고의,

과실, 기서, 내연, 노스탤지어, 노카운트, 다다, 다신교, 독선, 마마, 망극, 모의, 모정, 무명, 무모, 무상, 백수, 불화, 빈궁, 빈약, 사디즘, 사탄, 선교, 섭리, 속죄, 순례, 숭고, 숭고미, 숭고추, 시, 그리고 또 시, 신성, 안티, 앙가주망, 애홀, 양가, 양태, 언감생심, 여념, 우울, 유예, 융합, 인종, 입신, 자생, 자멸, 적, 전락, 전생, 정실, 정조, 주종, 주화론, 천상, 천하, 추잡, 추태, 커닝, 컨디션, 코뮈니케, 쾌락, 통한, 퇴락, 파멸, 평화, 풍요, 프로그램, 프로세스, 하세, 할거, 해방, 호모, 혼돈, 환멸, 홍청, 홍청망청…………

　모래야 너는
　모래야 너는
　모래야 너는 어디에

두 장의 사진

당신이 앉았던 의자와
당신이 턱을 고였던 창틀과
당신이 마셨던 찻잔과
당신이 사용했던 스탠드와
벽시계와 꽃병과 슬리퍼를 모아
기념 사진을 찍었습니다

사진 속의 의자는 당신이 턱을 고였던
창틀 밑에 있습니다 사진 속의
찻잔은 책상 위에 스탠드와 나란히
벽시계와 꽃병은 창틀 좌우에
슬리퍼는 의자 밑에 있습니다

사진 속의 의자는 당신의 엉덩이와
허리를 창틀은 가슴을 받치고
찻잔은 김이 오르고 스탠드와 벽시계는
당신의 시간을 밝히고 꽃병은
숨을 쉬고 혹은 멈추고
슬리퍼는 당신의 발가락을 나란히하고

당신이 앉았던 그 의자와

당신이 턱을 고였던 그 창틀과
당신이 마셨던 찻잔과
스탠드와 벽시계와 꽃병과
슬리퍼를 지금은 내가 사용합니다
그 모든 나를 한자리에 모아
기념 사진을 찍었습니다

사진 속의 의자는 내가 턱을 고였던
창틀 밑에 있습니다 사진 속의
찻잔은 책상 위에 스탠드와 나란히
벽시계와 꽃병은 창틀 좌우에
슬리퍼는 의자 밑에 있습니다

사진 속의 의자는 나의 엉덩이와
허리를 창틀은 가슴을 받치고
찻잔은 김이 오르고 스탠드와 벽시계는
나의 시간을 밝히고 꽃병은
숨을 쉬고 혹은 멈추고
슬리퍼는 나의 발가락을 나란히하고

두 장의 사진이 있습니다

두 장의 사진은 꼭 같습니다 꼭 같은
의자와 창틀과 찻잔과 스탠드와
벽시계와 꽃병과
슬리퍼가 있습니다
당신의
나의

아닙니다 의자의
아닙니다 창틀의
아닙니다 찻잔의
스탠드의
벽시계의
꽃병의
슬리퍼의 기념 사진입니다
아닙니다 당신과 나의……

상징의 삶

댓돌 옆 그녀의 한 짝 신발을 덩치 큰 달이 깔고 앉아 있었다
큰 달이 벗어놓은 하얀 바지가 봉창 밑에서 방으로 서걱거렸다
방 안에 누워 있는 그녀의 가랑이 사이에도 덩치 큰 달이 하나 스
멀스멀 기고 있었다

우와와와 ─ 뜰에서 고개를 하얗게 쳐들며 팔뚝만한 옥수수들이
울부짖는 광경을 처용은 보았다

옥수수밭으로 무심코 들어선 그의 발에
하얀 꽃반지표 콘돔 상자가 버썩 밟혔다

탁탁 혹은 톡톡

—물론 그도 나도

法 속에 있다

내가 무심코 아니 유심코 손가락으로
책상을 탁탁 혹은 톡톡 두들긴 그 소리는
봄에 닿거나 여름에 닿거나 가을
겨울에 닿는다 순간 이 지구에서
수백 년 동안 일어난 일이 없는
진동의 봄이 오고 여름이 오고
나비가 난다 아니 비가 오고
자작나무와 느티나무 잎이 썩는다

내가 무심코 아니 유심코 손가락으로
책상을 탁탁 혹은 톡톡 두들긴 그 소리는
순간 탁탁 혹은 톡톡의 우주가 된다
그 우주는 창 안에 그리고 창 밖에 있다
그 우주가 수성인지 금성인지
또는 목성인지 천왕성인지 이 지구 위에
어쩌다 떨어지는 탁탁 혹은 톡톡의
운석을 받아보아야 안다

196

내가 무심코 아니 유심코 손가락으로
책상을 탁탁 혹은 톡톡 두들긴 그 소리는
중국의 서안이나 미국의 텍사스나
인도의 갠지스 강에서도 순간
탁탁 혹은 톡톡 울린다 그래서
서안에서는 궁궐의 한쪽 문이 열리고
텍사스에서는 주유소가 새로 생기고
갠지스 강에서는 시체 하나가 떠내려간다

토마토는 붉다 아니 달콤하다

1999

사방과 그림자

장미를 땅에 심었다
순간 장미를 가운데 두고
사방이 생겼다 그 사방으로 길이 오고
숨긴 물을 몸 밖으로 내놓은 흙 위로
물보다 진한 그들의 그림자가 덮쳤다
그림자는 그러나
길이 오는 사방을 지우지는 않았다

식탁과 비비추
—정물 a

식탁 위 과일 바구니에는
포도 두 송이
오렌지 셋
그리고
딸기 한 줌

창밖의 파란 하늘에는
해가 하나 노랗게 물러 있고

식탁 위 과일 바구니에는
주렁 두 개와
둥글 셋
그리고
우툴 한 줌

창밖의 뜰 한쪽에는
비비추꽃이 질 때도 보랏빛이고

토마토와 나이프
—정물 b

토마토가 있다
세 개
붉고 둥글다
아니 달콤하다
그 옆에 나이프
아니
달빛

토마토와
나이프가 있는

접시는 편편하다
접시는 평평하다

하늘과 돌멩이

담쟁이덩굴이 가벼운 공기에 업혀 허공에서
허공으로 이동하고 있다

새가 푸른 하늘에 눌려 납작하게 날고 있다

들찔레가 길 밖에서 하얀 꽃을 버리며
빈자리를 만들고

사방이 몸을 비워놓은 마른 길에
하늘이 내려와 누런 돌멩이 위에 얹힌다

길 한켠 모래가 바위를 들어올려
자기 몸 위에 놓아두고 있다

밤과 별

밤이 세계를 지우고 있다
지워진 세계에서 길도 나무도 새도
밤의 몸보다 더 어두워야 자신을
드러낼 수 있다
더 어두워진 나무는 가지와 잎을 지워진
세계 위에 놓고
산은 하늘을 더 위로 민다
우듬지 하나는 하늘까지 가서
찌그러지고 있는 달을 꿰고 올라가
몸을 버티고 있다 그래도 달은
어둠에서 산을 불러내어
산으로 둔다 그 산에서
아직 우는 새는 없다
산 위에까지 구멍을 뚫고
별들이 밤의 몸을 깎아내어
반짝반짝 이쪽으로 버리고 있다

물물과 높이

밤새 눈이 온 뒤 어제는 지워지고 쌓인 흰 눈만 남은 날입니다
쌓인 눈을 위에 얹고 物物이 허공의 깊이를
물물의 높이로 바꾸고
나뭇가지에서는 쌓인 눈이 눈으로 아직까지 그곳에 있는 날입니다
뒤뜰에 붙은 언덕의 덤불 밑에는 오목눈이와 멧새와 지빠귀와
그리고 콩새가 서로 다른 방향으로 먹이를 찾고
새들이 먹이를 삼킬 때마다
덤불 밖의 하늘이 꼬리 쪽으로 자주 기우는 날입니다
직박구리 한 쌍이 마른 칡덩굴이 감고 있는 산수유에 앉아
노란 꽃이 진 자리에 생긴 붉은 열매를 챙기고
열매가 사라진 자리에는 허공이 다시 그 자리를 메우고 있는 날
입니다
그러나 콩새 한 마리가 급히 솟구치더니
하늘에 엉기고 있는 덩굴을 빠져나와 동쪽으로 가서는
몸을 그곳의 하늘에다 깨끗이 지우는 날입니다

안개

강의 물을 따라가며 안개가 일었다
안개를 따라가며 강이 사라졌다 강의
물 밖으로 오래전에 나온
돌들까지 안개를 따라 사라졌다
돌밭을 지나 초지를 지나 둑에까지
올라온 안개가 망초를 지우더니
곧 나의 하체를 지웠다
하체 없는 나의 상체가
허공에 떠 있었다
나는 이미 지워진 두 손으로
지워진 하체를 툭 툭 쳤다
지상에서 보이지 않는 존재가
강변에서 툭 툭 소리를 냈다

호텔

길에 매달려 호텔이 있었다
호텔의 문은 거기서도
안을 시작하거나
밖을 마감하곤 했다
강은 호텔 뒤에서
끊어졌다 이어졌다 했다
아니, 강은 둑을 앞세우고 뒤에 있었지만
강은 흔히 안개가 되어
물의 힘으로
호텔을 하얗게 지웠다 다시 세웠다
그래도 호텔의 창문은 몇 개
열리고 닫혔다 열린 문으로는
방의 어둠을 배경으로
사람의 상체는 잠깐씩 보여주었다

강

강은 처음부터 몸을 물로 풀고
낮은 곳이면 어디든 가서
함께 머물렀다 그러나 강은
그곳을 떠날 때
물은 그대로 두고 갔다
새들도 강에서 날개를 접을 때는
반쯤 몸을 물에
잠그고 있는 돌 위에
두 다리를 놓았다

돌

처서가 지나면서 바람이
뒤뜰에서도 급하고 담장 밖에서
코스모스의 몸이 심하게
요동을 친다 길 밖과
길 밑 그 어디든 그러나
코스모스는 꽃을 들고 바람을
타고 다닌다 몸은 가운데 두고
꽃은 흔들리는 사방에 있다
코스모스의 뿌리를 지그시 누르며
드문드문 하늘 아래
오래된 돌들이 있다

나비

작약꽃이 한창인 아파트 단지에서
나비 한 마리가 길을 가고 있다
어린 후박나무를 지나 향나무를
지나 목단을 넘고 화단 가장자리의
쥐똥나무를 넘어 밖으로 가더니
다시 속으로 들어와
한창인 작약꽃을 빙글빙글 돌더니
아무것도 없는 허공을
혼자 훌쩍 날아올라 넘더니
비칠대는 온몸의 균형을 바로잡고
날아 넘은 허공을 뒤돌아본다
뒤돌아보며 몸을 부풀린다

새와 길

허공에서 생긴
새들의 길은
허공의 몸 안으로 다시
들어갑니다
몸 안으로 들어간
길 밖에서
다른 새가 날기도 하고
뜰에서
천천히 지워질 길을
종종종
만들기도 합니다

지붕과 창

길이 끊어진 곳에 멈추어
서 있는 길이 있습니다
서 있는 길과 마주 보며 집이
한 채 있습니다 서 있는
길을 보며 집이 앉아 있습니다

지붕에는 날개가 있는 새가
앉습니다 새가 간 뒤에 지붕은
이번에는 오로지 지붕이 됩니다
지붕과 창으로 이어지는 길은
햇빛이고 방으로 이어지는 길은
어둠입니다

허공에서 생긴 새들의 길은
허공의 몸 안으로 다시 들어갑니다
몸 안으로 들어간 길 밖에서
다른 새가 날기도 하고
뜰에서 천천히 지워질 길을
종종종 만들기도 합니다

서 있는 길 뒤에서

흔한 꽃 몇몇이
피다가 멈추고 피다가 멈추며
꽃 질 자리를
감추고 있습니다
감추고 있는 그곳까지
감추어질 길이 있습니다

하늘과 집

하늘은 언제나 집의 밖에 있다
그러나 집은
언제나 하늘 속에 있다
하늘의 속에 깊이 들어앉을수록
집의 밑은 들린다
나무와 새 그리고 잔디를 안고
뜰의 몸이 슬그머니 들린다
집은 창을 반짝이면서
문을 그러나 열지는 않는다
가끔 길이 집 앞에서
뜰의 밑을 받치고 있다

하늘

지상의 모든 담이
벽이 끝나는 곳이 하늘이다
여기저기 엉겨붙어
담의 끝까지 간 담쟁이가
불쑥 몸을 드러낸 하늘 앞에
전신이 납작해져 있다
하늘에는 담쟁이가
엉겨붙을
담이나 벽이 없다

골목 1

골목의 입구에서 양광이
담벽 위의 라일락 나뭇잎 몇몇을
반짝 들어올렸다 사라지더니
이번에는 담벽 중앙에 커다랗게
그려진 보지 둘레로 왁자하게 모여든다
이곳의 보지는 그러나 딱딱하게 막혀 있어
환하게 어둡다

골목 2

오늘, 이 골목은 어둠이 담벽에 기대어 서 있다
오늘, 이 골목은 어둠이 창을 사각형으로 만들어 들고 서 있다
오늘, 이 골목은 어둠이 지붕을 지우고 허공을 들고 서 있다

오후와 아이들

한 아이가 공기의 속을 파며 걷고 있다

한 아이가 공기의 속을 열며 걷고 있다

한 아이가 공기의 속에서 두 눈을 번쩍 뜨고 있다

한 아이가 공기의 속에서 우뚝 멈추어 서고 있다

한 아이가 공기의 속에서 문득 돌아서고 있다

시작 혹은 끝

……쥐똥나무 울타리 밑에서
박새 한 마리가 새의 길을 밟고 있다
새의 길을 보면서 한 사내가
발이 앞서 있는 곳을 딛는다
길바닥 위에 뒹구는
각각 외딴 돌멩이 둘과
둘 위의 허공을 뒤로 보내며
담장 안을 기웃거린다 순간
담장 안에서도 가시가 돋아 있는
장미의 붉은
그림자가
얼굴에 털썩 달라붙는다
담장 밖은
벼랑을 따라 꺾어지고
축 늘어진 하늘 한 자락이 길에 붙는다
지나가는 여자의
치마에 길이 몇 번 펄럭거리고
사내의 발에
고인 물 속에서 새 그림자가 밟힌다
무리를 이룬 망초 위로
개울 물소리를 밟는 나비와

밤나무가 우거진 개울을 따라
명아주를 지나면
엉겅퀴에 엉겨 있는
새소리를 지나야 하는
작고 둥근 자갈과
작고 둥근 자갈 위의 길을 밟는다
다리를 지난다
다리 밑의 녹강 속의 길은 깜깜하고
깜깜한 그 길을 거기 두고
은행나무에 걸린 허공 아래로 간다
한 여자가 허공을 두고
길에 파묻힌다
허공에 기대고 서 있던 아이가
여자의 치마를
길 밖으로 잡아당긴다
길 밖에는 꽃을 떨군 들찔레의 가지에
빈자리가 대신 들어서 있다
산 밑을 파고 있는 길을 밟는다
길 밖에서 산을 파고 있는
조팝나무의 무리와
이름을 미처 확인하기도 전에 뒤에

남겨지는 나무를 지난다
바위의 아랫도리를 지우는 익모초와
아랫도리가 지워지지 않은
아카시아를 지난다 허공을 나누고 있는
새를 보낸다
늙은 사내의 뒤를 보낸다
길 위에는
돌들이
하나 둘 셋
아니
하나 둘
셋
있다
칡덩굴의 끝 하나를 따라가다가
칡덩굴의 길을 나와
깨어진 시멘트의 길을 밟는다
먼 곳에 있는 산오리나무와
먼 곳에 있는 떡갈나무와
산벚나무를 뒤로 보낸다
길옆에 있는 작고 예쁜
하백초에 눈이 아슴아슴 지난다

댕댕이덩굴에 시야가 감긴다
길옆에는
북구풍 카페가
넓은 뜰을 들고 있다
문 닫힌 건물은 배경이 되어 뒤에 있고
유리창들은 반짝거리다가
길가의 벤치에 몸이 들려 있는
한 소년의 어깨까지 잔광을 얹는다
길 건너편에서는
집들이 지붕을 하늘로 들어올리고
………………………

──당신은 이 시가
어디에서 시작하고 어디에서 끝나야
한다고
생각하는가?

길

이쪽과 저쪽으로 가는 길이 하나 있었다
동과 서인지 남과 북인지로 가는 길이 하나 있었다
강에서는 다리를 놓고 하늘에서는 다리를
놓지 않는
길이 하나 있었다
메꽃이 기는 산기슭에서는 띠풀이나
칡덩굴의 길과 함께 가지 않는
길이 하나 있었다
하늘을 나는 새가 참고로 하지 않는
사마귀가 함부로 가로지르는 길이 하나 있었다

양지꽃과 은박지

쥐똥나무 울타리 밑
키 작은 양지꽃 한 포기 옆에 돌멩이 하나
키 작은 양지꽃 한 포기 옆에 돌멩이 하나 그림자
키 작은 양지꽃 한 포기 그림자 옆에 빈자리 하나
키 작은 양지꽃 한 포기 그림자 옆에 빈자리 지나
키 작은 양지꽃 한 포기 옆에 새가 밟는 새의 길 하나
키 작은 양지꽃 한 포기 옆에 바스락거리는 은박지 하나

장미와 문

정원의 잔디는 두 마리 흰나비와
그림자에 붙어 있는 한 여자를
묶어놓고
집 앞에서 반짝이고 있다
잔디 밖의 뜰에서
장미는 담장 안에서도
가시가 돋아 있다
장미가 열어놓은 문은 꽃에 있고
빛이 집 안으로 가는 문은
벽에 있고
사람이 여는 문은 시멘트
바닥부터 시작하고 있다
장미 옆에서도 여자의 그림자는
몸을 땅에 콱 박고
집은 햇볕에 자리를 조금 뒤로 물리고

벼랑

벼랑 위의 길에서
축 늘어진 하늘을 밟는다
하늘을 푹푹 밟아도 그러나 신발
바닥에 하늘이 묻지 않는다
하늘과 부딪치는 윗도리와
아랫도리에도 하늘이 묻지 않는다
그러나
뚫고 가는 어깨와 무릎에
질긴 바람이 턱턱 걸린다

여자와 아이

한 여자가 길 밖에
머리를 두고
길 안으로 간다
여자의 치마 끝에서
길이 몇 번 펄럭거린다
작고 둥근 자갈과
작고 둥근 자갈 위의 길을 지나
은행나무에 걸린
허공 아래로 간다
길 밖에서
메꽃이 하나 이울고
여자가 허공을 거기에 두고
길에 파묻힌다
허공에 기대고 있던 아이가
여자의 치마를 길 밖으로
잡아당긴다

들찔레

꽃을 떨군 들찔레의 가지에
꽃 대신 줄줄이
빈자리가 달려 있다
줄줄이 빈자리가 달려도 들찔레의
가지는 가볍고
멍석딸기는 그늘에서
여전히 붉다

새콩덩굴과 아이

엉겅퀴를 지나면
명아주를 지나야 하는 길입니다

수영을 지나면
여뀌를 지나야 하는

뱀딸기를 지나면
메꽃을 밟아야 하는

매듭풀을 들치면
갈퀴덩굴을 지나야 하는

새콩덩굴이
새콩덩굴을 감아야 하는 길입니다

방가지똥을 지나면
괭이밥을 밟아야 하는

잠자리가 문득
새콩덩굴을 밟아야 하는

한 아이가 문득
멈추어야 하는 길입니다

하나와 둘 그리고 셋

작은 돌들이 있습니다

하나와 둘
그리고
셋
넷
……………

아니

하나와
둘
셋
그리고
넷
……………

아니

하나
둘

셋
넷
....

아니

하나, 둘, 셋, 넷
....

아니

하나/둘/셋/넷
....

아니

하나/둘
셋
그리고
넷
....

아니

길가에
길 안에
길 밖에

하나
그리고
둘
셋
넷
．．．．．．．．．．．．．．．．．

아니

아이스크림과 벤치

길가의 벤치에
한 소년이 앉아 있다

머리 위에는
태양이 혼자 가는
하늘이 얹혀 있다

그 하늘에는
벤치가 놓여 있지 않다

아이스크림 가게도
차려져 있지 않다

붕어빵 가게도
골목도

민박도
여자도
마련되어 있지 않다

새와 집

길 건너, 집이 있습니다. 이층집이 넷, 사층이 하나, 오층이 하나, 단층이 둘; 배경은 모두 허공입니다.

집에는 창이 있습니다. 열린 창이 둘, 커튼 걷힌 창이 여섯, 아침까지 불 켜진 창이 하나; 배경은 모두 벽입니다.

집에는 단풍나무가 둘, 등나무가 하나, 모과나무가 하나, 측백이 하나, 목련과 반송이 둘, 그리고 배롱나무가 하나; 배경은 모두 허공입니다.

골목이 하나 사층과 이층 사이로 생겨 있습니다. 길의 끝에는 한 남자와 여자가 끌어안고 주둥이를 붙이고 있습니다. 배경은 허공입니다.

그 허공에 지금 막 한 마리 새가 생겨나서 뾰족한 부리를 앞세워 숲 쪽으로 가고 있습니다.

처음 혹은 되풀이

발과 신발

…………북구풍 카페의 문이 열리고
한 사내가 집 밖에 나와 선다
순간 쥐똥나무 울타리 밑에서 자박자박
길을 만들었다가 지우고 있는
박새와 함께
북구풍 카페는 사내가 서 있는 지상에서
문이 닫힌 배경이 된다
여기에서도 길의 시작은 신발의 앞이
집 밖으로 놓일 때이고 신발의 앞이
집의 안쪽으로 놓이면 길의 끝이다
한 사내의 발은 이미
펼쳐져 있는 길에 있고
그러나 땅에 닿는 것은 언제나
발이 아니라 신발이다
그러나 사내가 딛는 것은
땅이 아니라 길이다
한 소년은 길가 벤치에 그림자를 깔아놓고
사내가 뒤에 두고 가는 터벅거리는 길을 누르고
머리를 하늘에 두고 있다

길 건너 산기슭의 산벚나무와
오리나무도 머리를 하늘에 두고 있다

새와 돌

떡갈나무를 산기슭에 두고
길은 낮은 지상으로 풀리고 있다
낮은 지상에서도
돌들은
하나 둘
셋
아니
하나 둘 셋
있다
산 밑에는 언제나 산을 파고 있는
길이 있다 산 밑에서도 사람 하나
길에 묻히고
아카시아를 중심으로
새 한 마리 허공을 나누다가
급히 하강하고

다른 새 한 마리는 위로 솟구치다가
어느새 하늘이 되었다
사내는 낮은 길에 서서 몸을
바로 세운다 길이
앞뒤로 나누어지며 툭 끊어진다

고요와 소리

새가 떠나더니 들찔레의 가지에는
고요가 흔들리고
그 밑 뱀딸기에 있는 고요는 빨갛다
무리를 이룬 망초 위로
햇볕에 씻기며 개울 물소리가
혼자 흐른다
개울을 따라
작고 둥근 자갈과
작고 둥근 자갈 위의 길을 밟는
한 여자와 여자의 몸에 반쯤 지워진
아이의 발 밑에서는
자갈 자갈 소리가 나고

여자의 치마 속에서 무슨 일인지
공기가 몇 번 몸을 부풀린다
이 길에서는 소리가
고요의 한구석이다
길에 고인 물 속에서 새 그림자 하나
다시 길 위로 급히 오른다
새는 어느 허공에 묻혔는지 보이지 않고

나비와 그림자

담장 안에서도 장미가
저희들끼리 벌겋게 뭉쳐 있다
사람들은 그림자까지 거두어가고
잔디와 햇살만 위로 솟구치고
담장 안을 엿보는 사내의
얼굴에 나비의
그림자가
시커멓게 달라붙었다가 떨어진다
허공에 있는 나비의
그림자는 나비의 몸에 붙지 않고

땅에 있는
頭頭와 물물에 붙는다
길 위에는
각각 외딴 사내의 신발과
돌멩이들
신발과 돌들은 몸을 부풀리며 몸 위의
허공을 위로 밀어올리고 있다
길 밖 키 작은 양지꽃 한 포기 옆에는
은박지 하나 바스락거리고
……………………………

칸나

칸나가 처음 꽃이 핀 날은
신문이 오지 않았다
대신 한 마리 잠자리가 날아와
꽃 위를 맴돌았다
칸나가 꽃대를 더 위로
뽑아올리고 다시
꽃이 핀 날은 아무 일도
일어나지 않고
다음날 오후 소나기가
한동안 퍼부었다

물물과 나

7월 31일이 가고 다음날인
7월 32일이 왔다
7월 32일이 와서는 가지 않고
족두리꽃이 피고
그 다음날인 33일이 오고
와서는 가지 않고
두릅나무에 꽃이 피고
34일, 35일이 이어서 왔지만
사람의 집에는
머물 곳이 없었다
나는 7월 32일을 자귀나무 속에 묻었다
그 다음과 다음날을 등나무 밑에
배롱나무 꽃 속에
남천에
쪽박새 울음 속에 묻었다

빈자리

며칠 동안 멧새가 긴 개나리
울타리 밑을 기고 깝죽새와
휘파람새가 어린 라일락 가지와
가지를 옮겨다니더니
오늘은 새들이 하늘을 살며
뜰을 비워놓았다
그사이 단풍나무는
가지 끝과 끝에서 잎이 뾰족해지고
감나무는 잎이 동글동글해졌다

절과 나무

나무 몇 그루가 묵묵히 가지 속에
자기 몸을 밀어넣고 있다

그 나무들 위에 절[寺]이 한 채 얹혀 있다

나무의 가지 끝까지 올라간 물이
나무에서 절 안으로 길을 내고 있는지
가지가 닿은 벽의 곳곳에 이끼가 끼어 있다

양광은 하늘에 가득하고
부처는 절 안에 있고
사람은 절 밖에서 나무에 잡혀 있다

바람이 불어도 절은 뒤에 있는
하늘에 붙어
흔들리지 않는다

부처

부처는 내가 서 있는 평평한 땅 위에
내 발이 닿아 있는 땅보다 조금 높은 곳에
놓여져 있다 부처의 몸은 팔과
다리 머리와 몸통으로 만들어져 있다
머리는 내 다리가 닿아 있는
평평한 땅 위에 놓인
그 몸 위에 얹혀 있다 입과 눈은 코와 귀는
몸 위에 얹혀 있는 작지만 둥근 머리를
파고 들어가 각각 있다 몸의 앞은 내가 서 있고
몸의 뒤는 둥근 우주가 있는 벽이다
부처는 그러나 나와 달리
앉아 있다

잠자리와 날개

잠자리는 나뭇가지 끝에
나는 나무 의자 끝에 있다

나뭇가지의 끝에는 뾰족한 하늘이고
의자의 끝에는 절벽의 하늘이다

잠자리와 나는 뾰족한 하늘과
절벽의 하늘에 붙어 있다

잠자리는 두 쌍의 날개를 수평으로 펴고
나는 두 쌍의 팔다리를 수직으로 펴고

잠자리도 나도 햇볕에
날개가 바싹바싹 잘 마르고 있다

산 a

바람이 불어도
갈참나무가 있었다
그늘이 있어도
바람이 불었다

산 b

산골무는 보지 못했다
원추리는 보지 못했다
더덕은 보지 못했다
무덤은 있었다

오늘과 아침

　땅의 표면과 공기 사이 공기와 내 구두의 바닥 사이 내 구두의
바닥과 발바닥 사이 발바닥과 근육 사이 근육과 뼈 사이 뼈와 발등
사이 발등과 발등을 덮고 있는 바랭이 사이 그리고 바랭이와 공기
사이

　땅과 제일 먼저 태어난 채송화의 잎 사이 제일 먼저 태어난 잎과
그 다음 나온 잎 사이 제일 어린 잎과 안개 사이 그리고 한 자쯤 높
이의 흐린 안개와 수국 사이 수국과 수국 곁에 엉긴 모란 사이 모란
의 잎과 모란의 꽃 사이 모란의 꽃과 안개 사이

　덜 자란 잔디와 웃자란 잔디 사이 웃자란 잔디와 명아주 사이 명
아주와 붓꽃 사이 붓꽃과 남천 사이 남천과 배롱나무 사이 배롱나
무와 마가목 사이 마가목과 자귀나무 사이 자귀나무와 안개 사이
그 안개와 허공 사이

　오늘과
　아침

봄과 길

나비가 동에서 서로 가고 있다
돌이건 꽃이건 집이건
하늘이건 나비가 지나가는 곳에서는
모두 몸이 둘로 갈라진다 갈라졌다가
갈라진 곳을 숨기고 다시
하나가 된다
그러나 공기의 속이 굳었는지
혼자 길을 뚫고 가는 나비의 몸이
울퉁불퉁 심하게 요동친다

자작자작

경운기가 흙을 움켜쥐며 따라가는 길이
그 길 곁 우거진 고마리들이 허리 아래로
물을 숨기고 있는 길이 고마리들이
물에 몸을 두고 물을 보내는 길이
자작자작 이끼가 올라가는 길이

나무

우뚝 나무 한 그루 서 있다
언덕 위에 서 있다

허공을 파고 있는
그 나무 꼭대기에는 새가 한 마리
가끔 몸을 기우뚱하며
붉은 해를 보고 있다
날개가 달린 그 나무의 가지

나무와 해

허공의 나뭇가지에 해가 걸린다
나무는 가지가 잘려지지 않고 뻗도록
해를 나누어놓는다
가지 위에 반쪽
가지 밑에 반쪽

허공은 사방이 넓다
뻗고 있는 가지
위에 둥근 해가 반쪽
밑에 둥근 해가 반쪽

꽃과 새

봄입니다 그리고
4월입니다

목련꽃이 피자 꽃몽오리에 앉았던 햇살이
꽃봉오리에서 즉각 반짝하고 빛났습니다

목련꽃이 지자 이번에는 햇살이 꽃이 진 자리에
매달려 새잎을 불러내고 있습니다

목련꽃이 지고 꽃이 진 자리에 잎이 날 동안
목련꽃 곁의 울타리에서는

몽오리를 만들고 있던 개나리가 노오란
꽃을 불쑥 내밀었습니다

순간 꽃몽오리에서 밀려나던 햇살이 반짝하더니
다시 꽃봉오리에 와아아──붙었습니다

개나리 울타리 밑에서는 민들레가
개나리와 같이 노오란 꽃을 만들고

양지 쪽 울타리 밑에서는 흙더미 위로
이제 겨우 채송화가 머리를 뾰족 내밀었습니다

그래도 성급한 벌들이 가끔 그 위를 날고
개미는 뾰족한 채송화 머리 사이로 걸음을 옮깁니다

아, 물론, 새들은 꽃 피고 잎이 돋을 동안
꽃몽오리와 잎을 피해 나뭇가지에 앉았습니다

고려 영산홍

북쪽에 서서 아니 허공에 서서
키가 훨씬 큰
고려 영산홍은 가지의 끝까지 올라온
잎만 몇 개 하늘에 붙여놓는다
그 잎 위에서도
해는 서쪽으로 떨어진다

염소와 뿔

봄눈이 오고 있다 죽은 꽃대 위에
봄눈이 오고 있다 죽은 꽃대 곁에
봄눈이 오고 있다 죽은
꽃대를 우적우적 밟고 가는
검은 염소의 몸뚱이 위에
검은 염소의 몸뚱이 끝에 달린 뿔 위에
봄눈이 오고 있다 하얗게
봄눈이 오고 있다 하얗게
왔다가 갔다가
버려진 신발 위에
쌓인 철근 위에 벽돌 위에
봄눈이 오고 있다
하늘 밑의 허공에
죽은 꽃대 위에
죽은 꽃대와 허공에 끼인 검은
염소 몸뚱이에 달린 뿔 위에

박새

칡덩굴이 들찔레와 옻나무의 키 작은 가지 위로 온몸으로 쏟아지는 하늘을 격자와 격자로 엮어놓고 잘 마르고 있다 잎을 다 내려놓고 몸이 가벼워진 들찔레와 옻나무와 싸리와 망개나무가 가끔 작게 작게 나누어진 하늘 위로 불쑥불쑥 가지를 들어올려 흔들었다 가슴이 흰 박새도 그 길을 따라 솟구치고는 얼마 후 돌아와 재재거렸다

산

떡갈나무가 있었다
신갈나무가 있었다
바람이 불어도
갈참나무가 있었다
그늘이 있어도
바람이 불었다

졸참나무가 있었다
청떡갈나무가 있었다
키가 작았다
바위 곁에 서서
흰 꽃 피는 산사나무의
그늘이 있었다
흰 꽃 피는 파삭다리의
그늘이 있었다
아구장나무가 있었다
노란 꽃 피는 고광나무가 있었다

산앵두는 보지 못했다
산골무는 보지 못했다
원추리는 보지 못했다

더덕은 보지 못했다
무덤은 있었다

개쉬땅나무가 있었다
싸리나무가 있었다
바람이 불어도
개옻나무가 있었다
붉나무가 있었다
그늘이 있어도
물푸레나무는
멀리 떨어져 있었다

비

　비가 온다, 대문은 바깥에서부터 젖고 울타리는 위서부터 젖고
벽은 아래서부터 젖는다
　비가 온다, 나무는 잎이 먼저 젖고 새는 발이 먼저 젖고 빗줄기가
가득해도 허공은 젖지 않는다
　……………라고 말하는 시도 젖지 않는다

사루비아와 길

사루비아를 땅에 심었다 꼿꼿하게
선 그 위에 둥근 해가 달라붙었다
사루비아 옆은 여전히 비어 있어
모두 길이다

동시집

나무 속의 자동차

1995

방

꽃 속에 있는
층층계를 딛고
뿌리들이 일하는
방에 가보면

꽃나무가 가진
쬐그만
펌프
작아서
너무 작아서
얄미운 펌프

꽃 속에 있는
층층계를 딛고
꽃씨들이 잠들고 있는
방에 가보면

꽃씨들의
쬐그만 밥그릇
작아서
작아서

간지러운 밥그릇

3월

아침부터
펑 펑
봄눈이 내리더니

점심 무렵에는
산과
들이
눈부시게
하얀 이불을 덮고
잠이 들었다

골짝을
타고 내리는 물소리만
나즉 나즉

자장가처럼 들리던
하루가 지나고

다시 아침이 오고
해가 떠오르더니

점심 무렵에는
산과
들에
좌아악 깔린 이불을
모조리
걷어가버렸다

이불이 걷힌
그 자리에는
잠자리에서 뛰어나온
아이들처럼

파란 싹들이
왁자지껄
일어나 있다

여름에는 저녁을

여름에는 저녁을
마당에서 먹는다
초저녁에도
환한 달빛

마당 위에는
멍석
멍석 위에는
환한 달빛
달빛을 깔고
저녁을 먹는다

숲속에서는
바람이 잠들고
마을에서는
지붕이 잠들고

들에는 잔잔한 달빛
들에는
봄의 발자국처럼
잔잔한

풀잎들

마을도
달빛에 잠기고
밥상도
달빛에 잠기고

여름에는 저녁을
마당에서 먹는다
밥그릇 안에까지
가득 차는 달빛

아! 달빛을 먹는다
초저녁에도
환한 달빛

참새

그 밝고 쨍한 소리를
짹 짹 짹 그 소리를
동그랗게 찍어내는
노오란 주둥이
참새가 귀여운 건
그 노오란 주둥이 때문이다

간지럽게 귓바퀴를
맴돌아 가는
포르르
날아가고 오는 그 소리
참새가 귀여운 건
간지러운 그 소리 때문이다

나뭇가지에 기우뚱하며
간신히 앉고도
시침을 딱 떼고
점잖게 앉은 모습
참새가 귀여운 건
그 아찔하고
장난스런 얼굴 때문이다

책상과 화분과 꽃

책상은
점잖은 아버지 얼굴을 하고
아기를 좋아하는 얼굴을 하고

화분은
귀여운 아기 얼굴을 하고
재롱 피우는 얼굴을 하고

책상은
귀여운 아기를 목마해 태우고
오래오래 앉혀두고 있고

화분은
철없이 아버지 목에 걸터앉아
즐겁다고 깔깔대며 앉았고

책상은 화분을 태우고
화분은 꽃을 태우고

꽃은
아기 댕기처럼

바람에 간들대고

밤 1

노을을 쪼고 있던
새들을
둥지로 불러들이고

숲속의 푸르름을
나뭇잎 속에
차곡
차곡
넣은 뒤

밤은 가만 가만
하루의
문을 닫는다

아직 돌아오지 않은 바람과
조용히 생각에 잠긴 나무와
골짜기로 돌아가는
어린 짐승을 위해

서산에 밝은
별을 내걸고

거리에 내려와
밤은
가로등에
불을 밝힌다

그리고 집에 돌아와
산과 들과
새싹과
책상과 걸상과
돌멩이
모두 알맞게 쉬도록

아! 밤은
잠들지 않고
시계 바늘을
천천히 돌린다

밤 2

우리가
곤히
잠든 사이
우리가
꿈길을
헤매고
있는 사이

밤은
동글
동글
이슬을 만들고

공기를
다시
말갛게
씻고

별들을
다시
별들의

집으로
돌려보내고

그 다음에
비로소
밤은
동해 바다로
나가
아침 해를
끌어올린다

가을

가을은
꼬마가 좋아하는 과일을 들고
꼬마를 사랑하는 어머니 모양으로
두 손 가득 과일을 들고

가을은
꼬마가 좋아하는 과일을 익히고
꼬마를 사랑하는 어머니 모양으로
배탈나지 않도록 과일을 익히고

가을은
과일을 빨리 익혀 꼬마에게 주려고
햇빛을 가리는 하늘의 구름을 쓸어버리고

아 가을은
꼬마를 사랑하는 어머니 모양으로
바쁜 걸음으로 치맛자락 날리고 다니며

꼬마가 좋아하는 과일을 들고
꼬마를 사랑하는 어머니 모양으로
두 손 가득 과일을 들고 찾아온다

내가 꽃으로 핀다면

내가 만약 꽃이라면
어디에서
피어야 할까

꽃밭도 없는
우리집 창문 밑에서
토끼풀과 섞여
있다가
한참 자라서
벽을 타고 올라
창문을
똑 똑 똑
두드리며
피어야 할까

산골짜기
개암나무와
망개나무의 가지와
잎 사이로
다람쥐처럼
잠깐 잠깐

얼굴을 내밀었다가
숨겼다가 하면서
피어야 할까

아니면
강변 바위 그늘에서
새끼를 키우는
물새와 함께
물소리를 들으며
조약돌처럼
물새알처럼
작지만
동그랗게
피어야 할까

강

강은 언제나
앞과 뒤
그리고
옆을 둘러보며
천천히
흘러간다

천천히 가다가
산이 좋고
물이 좋은
곳을 만나면
집과 집이
서로 정답게 껴안은
마을을
옹기종기
매달아놓고

들이 시원하고
바람이 시원한
곳을 만나면
곡식과 채소가

다투어 자라는
논밭을
바둑판처럼 반듯하게
만들어놓고

심심한 아이들이
뒹굴고 놀
넓은 모래밭을
펼쳐놓고
염소와 송아지가
풀을 뜯고 쉴
풀밭도
펼쳐놓고

강은 어두운 밤이 되더라도
달이나 별이 찾아와
목욕할 수 있도록
언제나
다니는 그 길로
꼬박 꼬박
그리고 천천히

흘러간다

조그만 돌멩이 하나

걸어가다가 내가 걸어가다가
주웠다 조그만 돌멩이 하나
모쫄한 게
꼭 국어책이나 산수책의 무게만한
조그만 돌멩이 하나

해 질 무렵 좁은 골목을
혼자서 걸어가다가 무심코 걸어가다가
주웠다 토끼풀 옆에 얌전히 앉은
조그만 돌멩이 하나

어쩌면 고구려 때
적군을 막아내기 위해 쌓은
성벽에 끼여 있었을
어쩌면 백제나 신라 때
아름다운 절이나 탑이었을
어쩌면 먼 머언 옛날
단군 할아버지가 처음 밟은
큰 바위였을

이른 봄날

앞뜰에 있는
복숭아나무에
한 마리 나비가
찾아왔다

날개를 접었다
폈다 하면서
몸의 중심을 가누고

가느다란
모든 다리를 동원하여
가지를 부여잡고

엉덩이를 들었다
놓았다 하면서
입으로 무엇인가를
열심히
더듬고 있다

한참 뒤
나비가 앉았던 자리에

가보니
아기 젖꼭지만한
연분홍
복숭아꽃 몽우리가
뾰족
나와 있다

바닷가 마을

누워 있는
어미 개의
젖꼭지에 매달려

젖을 빠는
새끼
강아지들처럼

작은 배들이
나란히
바닷가에
매달려 있다

어떤 배는
젖을 다 먹은
강아지처럼

꾸물꾸물
몸을 돌려
다시
바다로 나가고

젖을 먹는 새끼들
사이로
다른 새끼가
끼어들듯

어떤 배는
배와 배 사이로
파고 들어와
몸이 편하게
누울 수 있을 때까지
꿈틀거린다

그늘

떡갈나무 가지에 매달린
잎 뒤를 보면
그 뒤에
착 달라붙어
숨어 있는
그늘

갈참나무 물푸레나무
너도밤나무 개옻나무……
그 뒤에도
바싹 몸을 붙이고
숨어 있는
그늘
그 그늘이

그 그늘이
종일 떨어져 쌓여
숲속은
푸른 그늘이
출렁출렁
강물 같다

그 그늘을 마시면
덜 익은 산포도처럼
온몸이 시리다

일요일 아침

감나무 잎과
잎 사이로
늦잠을 자는
들새의 가느다란 목이
지나가는 바람에
약간 삐딱하게
기울어져 있다

댓돌에는
오른쪽 신발과
왼쪽 신발이
제멋대로
누워 있고

책상 위의
책갈피 속에서는
글자들이
반쯤 눈을 뜬 채
잠들어 있다

여름 한나절

좌악―

금방 소나기가
쏟아질 것 같은
구름 낀 하늘

몽당 빗자루로
하늘을
싸악
쓸어버렸다

바다에서 파도와
놀다 온
바람의 장난
몽당 빗자루 끝을
용케 빠져나온
구름 몇몇

하늘에
새털처럼
납작하게 붙어 있다

무덥고
긴
여름 한나절

국화와 감나무와 탱자나무

국화와
감나무는
서로
무슨 약속을 했나

국화가
한 송이 방긋하고
벌어지니

감나무의
감에서
몽클하고
단내가 난다

감나무와
탱자나무는
또
무슨 약속을 했나

감이 빨갛게
익으니

탱자는 노랗게
익는다

새와 나무

가을이 되어
종일
맑은 하늘을 날다가
마을에 내려와
잎이 다 떨어진
나무를 만나면

새도
잘 익은 열매처럼
가지에
달랑
매달려본다

다리를 오그리고
배를 부풀리고
목을 가슴 쪽으로 당겨
몸을 동그랗게 하고
매달려본다

그러면
나뭇가지도

철렁철렁
새 열매를 달고
몇 번
몸을 흔들어본다

수수빗자루 장수와 가랑잎

몸에도 수수 냄새가 풍기는
수수빗자루 장수가
길거리에 나타나면

──타작도 끝난 모양이군
하고
가랑잎 하나 떨어지고

──보리 갈이도 끝난 모양이군
하고
가랑잎 하나 떨어지고

익은 수수처럼 구수한 목소리로
수수빗자루 장수 아저씨가
바쁜 농사일 끝내고

──수수빗자루 사시오
하고
넉넉한 목소리로 외치며 골목을 돌아가면

──이젠 추워도 괜찮겠군

하고
가랑잎도 마음놓고 떨어진다

산

산에서 시를 쓰면
시에서 나는 산냄새

소나무, 떡갈나무, 오리나무의 냄새
산비둘기, 꿩, 너구리, 오소리의 냄새

산에서 시를 쓰면
시에 적힌 말과 말 사이에
어느새 끼여 있는 그런 산냄새

그 다음 오늘이 할 일은

씨앗은 씨방에
넣어 보관하고

나뭇가지 사이에 걸려 있는 바람은
잔디 위에 내려놓고

밤에 볼 꿈은
새벽 2시쯤에 놓아두고

그 다음 오늘이 할 일은

두 눈을 지그시 감고
생각에 잠기는 일이다

가을은 가을 텃밭에
묻어놓고

구름은 말려서
하늘 높이 올려놓고

몇 송이 코스모스를

길가에 계속 피게 해놓고

그 다음 오늘이 할 일은

다가오는 겨울이
섭섭하지 않도록

하루 한 걸음씩 하루 한 걸음씩
마중 가는 일이다

길

하늘에는
새가
잘 다니는
길이 있고

그리고
하늘에는
큰 나무의 가지들이
잘 뻗는
길이 있다

들에는
풀이
잘 자라는
길이 있고

그 길을 따라가며
풀이 무성하고

풀 뒤로 숨어서
물이

가만 가만 흐르는
길이 있다

물속에는
고기가
잘 다니는
길이
따로 있고

고기가 다니는
길을 피해
물풀이
자라는
길이 있고

물풀 사이로는
물새가
새끼를 데리고
잘 다니는
좁은
길이 있고⋯⋯

뜰
—봄에서 겨울까지 1

꽃나무는 하루 종일
꽃에게 나눠줄
꿈을 만들고

바람은 구름이 놀러 오도록
하늘을 말끔히 닦고

돌들은
몸이 단단해지는
꿈을 만들고……

한낮이 되면
가끔
작년에 여기서 태어난
굴뚝새가
놀러 왔다 가기도 하고

심심한 아이들이
혼자 찾아와
휘파람을 불며
뜰에

자기의 발자국을

꾹 꾹

찍어보기도 하고

나무 속의 자동차
―봄에서 겨울까지 2

뿌리에서 나뭇잎까지
밤낮없이 물을
공급하는
나무
나무 속의
작고작은
식수 공급차들

뿌리 끝에서 지하수를 퍼올려
물탱크 가득 채우고
줄기로 줄기로
마지막 잎까지
꼬리를 물고 달리고 있는
나무 속의
그 작고작은
식수 공급차들

그 작은 차 한 대의
물탱크 속에는
몇 방울의 물
몇 방울의 물이

실려 있을까
실려서 출렁거리며
가고 있을까

그 작은 식수 공급차를
기다리며
가지와 잎들이 들고 있는
물통은 또 얼마만할까

봄날의 산
—봄에서 겨울까지 3

철쭉의 몽우리가
톡 톡
터질 때마다
산이
조금씩
붉어지고 있다

산속의
골짝물도
산에 사는
다람쥐의
볼도
조금씩
붉어지고 있다

구경 다니는
다람쥐 때문에
숲속에는
길이
자꾸 생기고

하나의 꿈을 위해
—봄에서 겨울까지 4

마을에서는
마을의 어느 골목
작은 한 방에서는

아름다운 꿈을 엮는
한 페이지의
책을 위해서

책상 밑의 먼지도
조용히 숨을 죽이고
의자의 낡은 나사도
삐걱거리는 소리를
멈추고

서산으로 넘어가던 해도
한동안
노을 속에 서서
그 꿈의 색깔을
함께 생각하고

거울도 옷걸이도

모두
가만히
벽에 등을 기댄 채
생각에 잠기고

숲속에서는
—봄에서 겨울까지 5

숲속에서는
어느새
봄이 이삿짐을
꾸리고 있다

내년에 뿌릴
꽃씨와
아지랑이
그리고
보슬비를
가방에 넣고

숲을 한 바퀴 돌며
꽃냄새와
새소리와
악수를 나누고

꽃씨와 아지랑이와
보슬비가 든
가방을 옆구리에 끼고
나무와 풀과

돌과 시내에게
인사를 하고 있다

숲속에서
지구의
숲속에서
봄이
천천히 떠나고 있다

5월 31일과 6월 1일 사이
—봄에서 겨울까지 6

5월 31일 저녁
꿈의 나라에서는

3월, 4월, 5월
석 달 동안
지구에서 일하고 온
봄과

지구에 내려가 일할
6월, 7월, 8월
여름이

함께 만나고 있다
서로 의논하고 있다

5월 31일 저녁
여름이 계획서를
검토할 동안
7시가 가고
8시, 9시가 가고
여름이

모든 계획을 끝냈을 때
10시가 가고
11시가 가고

여름이 일어섰을 때는
11시 55분
여름이 지구에 내려섰을 때는
11시 59분이 지나고
12시 0분
바로
6월 1일

팔뚝을 걷고
일할 채비를 하며
빙그레 웃으며
여름은
우리들이 잠든
틈을 타서
성큼 내려와
일을 시작한다

계획서를 보며
—봄에서 겨울까지 7

계획서를 보며
여름이
산 위에 앉아
구름에게
말을 하고 있다

구름은
고개를 끄덕이며
여름의 계획을 생각하며
천천히
비를 뿌리고 있다

나무와 풀이
입을 아 하고 벌리고
비를 마시고 있다
새가 입을 동그랗게
벌리고 빗방울을
받고 있다

산에서 일어난
여름이

산기슭에 내려와
산골짝 물에게
말을 하고 있다

산골짝 물은
여름의 계획대로
들판으로 가고 있다

들판에서
나무뿌리로
나무뿌리에서
나뭇가지로
올라가고 있다

물을 마신 과일이
통통하게
살이 찌고 있다
나무의 꿈처럼 달콤한
맛이 들고 있다

하늘에서

─봄에서 겨울까지 8

아침잠을 깬
구름이
하늘에 나와 있다
한 손을 이마에 얹고
햇빛을 가리며
지구를 내려다보고 있다

가을의 숲에서
과일의 꿈이
얼마나 잘 익는지
단풍나무의 꿈이
얼마나 곱게 드는지
보고 있다

그리고 마을에서
놀고 있는
아이들의 꿈이
얼마나 여물었는지
살피고 있다

그때

지구의 밤나무숲에서
아람이 벌어지는 소리가
토옥 토옥 하고
구름의 귀에까지
조그맣게 들린다

봄을 위하여
—봄에서 겨울까지 9

봄과 여름 그리고
가을의 발자국이 찍힌
뜰에
어느새
조용하게
눈이 쌓이고 있다

사철나무들이
뜰 사방으로
울타리를 치고 서서
눈이 마음놓고 쌓이도록
지키고 있다

쌓인 눈 밑에는
뜰에서 자란
감나무의 꿈과
돌배나무에서 익은
돌배나무의 꿈과
마을 아이들의 꿈도
잠들어 있다

봄을 위하여
다시 올
따스한 봄을 위하어
쉬지 않고
포근한 눈을
쌓는 겨울

봄을 위하여
포근한 눈에 싸여
잠깐 쉬는
모든 꿈들
그래서
겨울의 뜰은 조용하다

한 그루 나무에서 들리는 소리
—산에 들에 1

새벽
한 그루 나무에서 들리는 소리

가지에 앉아 잠들었던
새가
가만히 감았던 눈을 뜨는 소리

잎사귀가
몸을
앞과 옆으로 뒤치는 소리

그 나무의 하얀 뿌리가
뻗어 있는 땅굴 속에서

어린 들쥐가 한쪽 발을 핥으며
부스스 눈을 뜨는 소리
다시 눈을 감는 소리

그리고
겨우내 나뭇가지에 쌓였던
흰 눈이

돌아눕다가 미끄러져
사르르 떨어지는 소리

한 마리 새가 날아간 길
—산에 들에 2

나뭇가지에 앉았던 한 마리
새가
나뭇가지 사이사이로
그리고
잎과 잎 사이로 뚫린
길을 따라
가볍게 가볍게 날아간다

나뭇가지 왼쪽에서 다시
위쪽으로
위쪽 잎 밑의
그림자를 지나 다시
오른쪽으로

그렇게 계속 뚫려 있는
하나의 길로
한 마리 새가 날아간다

나뭇가지와 가지 사이로
그리고 잎과 잎 사이로
뚫려 있는 그 길

한 마리 새만 아는
그 길

한 마리 새가 사라진 다음에는
아무에게도 보이지 않는
그 길

포근한 봄
— 산에 들에 3

눈이 내린다
봄이라서
봄빛처럼 포근한 눈

담장 위에 쌓이는 봄눈
나무 위에 쌓이는 봄눈
마당 위에 쌓이는 봄눈

그리고
마루에서 졸다가 깬
눈을 하고 앉은
새끼 고양이의 눈 속에도
내리는 봄눈

감았다 떴다 하는
새끼 고양이의 눈처럼
보드라운
봄
봄 하늘
봄 하늘의 봄눈

한 마리 나비가 날 때

─산에 들에 4

한 마리 나비가 날 때
팔랑팔랑
혹은
나붓나붓
꿈꾸며
나비가 날 때
한 마리 나비가 내는
꿈꾸는 소리

그 작은 소리 없어질까
지나가던 바람이
얼른
가슴에 안고 간다
그리고
그 소리 기다리는
꽃이 보일 때까지
조심 조심 안고 다니며
키운다

들어보라
나비와 만난

바람의 소리를

그 바람 속에는
언제나
꽃에게
전해줄
팔랑팔랑
혹은
나붓나붓
날며 꿈꾸는
나비의 소리

방아깨비의 코
―산에 들에 5

방아깨비의 코
너구리의 코
메추리의 코
그 조그마한 코

뜸부기의 입
뻐꾸기의 입
개구리의 입
그 조그마한 입

비가 오면
비에 젖는
뜸부기의 코
뻐꾸기의 코
개구리의 코

비가 오면
빗방울이 맺히는
방아깨비의 입
너구리의 입
메추리의 입

꿈꾸는 대낮
—산에 들에 6

환한 대낮

바람이
조용히 꽃 속으로
숨어드는 들판

비비새의 목소리가
비눗방울처럼
하나씩 둘씩 떠오르고

졸음에 겨운 얼굴로
잎들이
바람 사이로 떠다닌다

마을에서 떠돌아다니는
음매—
송아지 소리

졸다 깬 새들이
나뭇잎 사이로 떠돌아다니는
음매— 소리를

부리로 쪼다가 멈춘다

잠시 쉬면서
꿈을 꾸는
환한 대낮

빨강 아니 노랑
—산에 들에 7

빨강
아니

노랑
아니

주황
아니

별 같은
아니

달 같은
아니

아니
나비 같은

가을
나뭇잎들

노루와 너구리
―산에 들에 8

잘 익은
밤톨과
개암에서 나온
고소한 냄새
슬금슬금
퍼져가는
산
골짜기

그 냄새에
코끝이 간지러운
노루와
너구리

따스한 겨울
—산에 들에 9

강아지가 놀고 있다
두 마리가 어울려 웃으며
놀고 있다
밤에 내린 눈이
수북이 쌓인 길 위에
따스한 겨울 햇빛이 떨어지는
길 위에

한 마리가 눈 위를 구르면
한 마리는 눈동자를
따라 굴리고
한 마리가 한 발로 눈을 차면
한 마리는 날리는 눈가루를 따라
몸을 날린다

하얀 눈
하얀 길
그래서 하얀 겨울

이 광경을 보고 있는
하늘은

눈이 녹으면 또 눈송이를
뿌리리라 생각한다
즐겁게 즐겁게
수북수북
뿌리리라 생각한다

새와 나무와 새똥 그리고 돌멩이

2005

호수와 나무

— 서시

잔물결 일으키는 고기를 낚아채 어망에 넣고
호수가 다시 호수가 되도록 기다리는
한 사내가 물가에 앉아 있다
그 옆에서 높이로 서 있던 나무가
어느새 물속에 와서 깊이로 다시 서 있다.

나무와 돌

나무가 몸 안으로 집어넣는 그림자가
아직도 한 자는 더 남은 겨울 대낮
나무의 가지는 가지만으로 환하고
잎으로 붙어 있던 곤줄박이가 다시
곤줄박이로 떠난 다음
한쪽 구석에서 몸이 마른 돌 하나를 굴려
뜰은 중심을 잡고 그 위에
햇볕은 흠 없이 깔린다

양철 지붕과 봄비

　붉은 양철 지붕의 반쯤 빠진 못과 반쯤 빠질 작정을 하고 있는 못 사이 이미 벌겋게 녹슨 자리와 벌써 벌겋게 녹슬 준비를 하고 있는 자리 사이 퍼질러진 새똥과 뭉개진 새똥 사이 아침부터 지금까지 또닥 또닥 소리를 내고 있는 봄비와 또닥 또닥 소리를 내지 않고 있는 봄비 사이

허공과 구멍

나무가 있으면 허공은 나무가 됩니다
나무에 새가 와 앉으면 허공은 새가 앉은 나무가 됩니다
새가 날아가면 새가 앉았던 가지만 흔들리는 나무가 됩니다
새가 혼자 날면 허공은 새가 됩니다 새의 속도가 됩니다
새가 지붕에 앉으면 새의 속도의 끝이 됩니다 허공은 새가 앉은
지붕이 됩니다
지붕 밑의 거미가 됩니다 거미줄에 날개 한 쪽만 남은 잠자리가
됩니다
지붕 밑에 창이 있으면 허공은 창이 있는 집이 됩니다
방 안에 침대가 있으면 허공은 침대가 됩니다
침대 위에 남녀가 껴안고 있으면 껴안고 있는 남녀의 입술이 되
고 가슴이 되고 사타구니가 됩니다
여자의 발가락이 되고 발톱이 되고 남자의 발바닥이 됩니다
삐걱이는 침대를 이탈한 나사못이 되고 침대 바퀴에 깔린 꼬불꼬
불한 음모가 됩니다
침대 위의 벽에 시계가 있으면 시계가 되고 멈춘 시계의 시간이
되기도 합니다
사람이 죽으면 허공은 사람이 되지 않고 시체가 됩니다
시체가 되어 들어갈 관이 되고 뚜껑이 꽝 닫히는 소리가 되고 땅
속이 되고 땅속에 묻혀서는 봉분이 됩니다
인부들이 일손을 털고 돌아가면 허공은 돌아가는 인부가 되어 뻘

뿔이 흩어집니다

상주가 봉분을 떠나면 묘지를 떠나는 상주가 됩니다

흩어져 있는 담배꽁초와 페트병과 신문지와 누구의 주머니에서 잘못 나온

구겨진 천 원짜리와 부서진 각목과 함께 비로소 혼자만의 오롯한 봉분이 됩니다

얼마 후 새로 생긴 봉분 앞에서 집으로 돌아가는 길이 달라져 잠시 놀라는 뱀이 됩니다

뱀이 두리번거리며 봉분을 돌아서 돌 틈의 어두운 구멍 속으로 사라지면 허공은 어두운 구멍이 됩니다

어두운 구멍 앞에서 발을 멈춘 빛이 됩니다

어두운 구멍을 가까운 나무 위에서 보고 있는 새가 됩니다

하늘과 침묵

온몸을 뜰의 허공에 아무렇게나 구겨 넣고
한 사내가 하늘의 침묵을 이마에 얹고 서 있다
침묵은 아무 곳에나 잘 얹힌다
침묵은 돌에도 잘 스민다
사내의 이마 위에서 그리고 이마 밑에서
침묵과 허공은 서로 잘 스며서 투명하다
그 위로 잠자리 몇 마리가 좌우로 물살을 나누며
사내 앞까지 와서는 급하게 우회전해 나아간다
그래도 침묵은 좌우로 갈라지지 않고
잎에 닿으면 잎이 되고
가지에 닿으면 가지가 된다
사내는 몸속에 있던 그림자를 밖으로 꺼내
뜰 위에 놓고 말이 없다
그림자에 덮인 침묵은 어둑하게 누워 있고
허공은 사내의 등에서 가파르다

골목과 아이

급작스레 비가 왔다 양철 지붕 위에 찌그러져 얹혀 있던 해는 어
느새 뭉개지고 잠자리 몇몇이 비행 고도를 한번 높였다가 낮추고
다시 높였다가 낮추더니 훌쩍 담을 넘었다 여자 아이 하나는 급히
나무 밑동에 쪼그리고 남자 아이 하나는 나무에 기대어 섰다 골목
끝에서 울며 솟구친 매미 한 마리가 허공에서 다시 솟구치고 나뭇
잎들은 일제히 수평을 유지하려고 빗줄기에게 부딪쳐 갔다 다름없
이 그곳에 있는 것은 빗줄기를 꼿꼿하게 세우고 있는 허공이다 비
가 오자 지붕은 더 미끄럽고 담장은 보다 두터워졌다 어느새 남자
아이도 쪼그리고 앉아 한 나무에서 다른 나무로 가는 길과 한 나무
에서 문이 닫혀 있는 집으로 가는 길과 닫혀 있는 집에서 다시 나무
로 돌아오는 길과 그 길에서 새가 떠난 새집으로 가는 길에 떨어지
고 있는 비를 함께 보고 있다

사진과 나

나는 갠지스 강의 물에 발을 담그고 앉아
아이를 기다리며 졸았다 강에서는 가끔 시체가
떠내려가기도 하고 죽은 아이를
산 여자가 안고 가기도 하고 산 남자가
산 여자를 안고 가기도 하고
시체를 태우다 남은 나무토막들이 떠내려와
사람의 등을 두드리기도 했다
시체 두 구는 내 발에 걸려 나와 함께
머물기도 했다 부리가 빨간 새 한 마리는
시체 위에 앉아 앞가슴을 다듬었고
언덕에서는 둥근 태양이 올라앉은 집의
지붕이 털썩 주저앉아 있었다

그림과 나 1

　이도준의 밭에서 서기범의 밭에서 유한수와 김진채와 도건석과 민병성의 밭에서 정준과 이기범과 조충선의 논에서 김기출의 논에서 홍영식과 박진식과 고대균과 양건철과 오문수와 조한준과 모대성과 송평길과 진건규와 이대호와 최봉수와 장상곤과 김철과 박숙자의 논에서 문규식과 조문준의 밭에서 서기호와 박건호와 배요섭과 엄기출과 이경진과 안영학과 윤주의 밭에서 신철회의 비닐하우스에서 송광배와 정태화의 비닐하우스에서 한현봉과 천만심과 조한준과 문관수와 박준양과 한수와 허차복과 지명숙과 하병순과 이금석의 밭에서 김덕과 석진태와 여원구와 유만숙과 오세길의 논에서 이기범과 차순식과 주이성과 전부옥과 하태천의 논에서 전제관과 박산옥과 홍옥기와 이남춘과 최월의 밭에서 변규성과 유동로와 강종연의 과수원에서 지학철의 과수원에서 길근표의 원두막에서

　일렁이는

　일렁이는 공기
　너머

　산을 하나 그렸다

그림과 나 2

허공에 크고 붉은 해를 하나 그렸습니다
해 바로 아래 작은 산 하나를 매달아 그렸습니다
해와 산은 캔버스에 바짝 붙어 있습니다
산 귀퉁이에는 집을 하나 반쯤 숨겨 그렸습니다
나는 그 집에 들어가 창을 드르륵 엽니다
지나가던 새 한 마리가
집에 눌려 손톱만 하게 된 나를
빤히 쳐다보다 갑니다

그림과 나 3

천지간에 큼직한
나무 한 그루를 그립니다

줄기는 오로지 하나만 있고
몸은 둥글게 부풀어
몸이 온전히 나무로 꽉 찬 나무입니다

나무 아래에는 좌우에
달과 해를 하나씩 나누어 그려 넣고

달 밑에는 기와집을 두고
해 밑에는 양철집을 두고

나무 곁에 서서 하늘을 보니
하늘은 여전히 나무 위에 앉아 있습니다

나는 나무 위에 하늘 대신
붉은 지붕과 붉은 벽
검푸른 지붕과 흰 벽이 서로 붙은
집을 한 무더기 그려 넣습니다

하늘과 두께

투명한 햇살 창창 떨어지는 봄날
새 한 마리 햇살에 찔리며 붉나무에 앉아 있더니
허공을 힘차게 위로 위로 솟구치더니
하늘을 열고 들어가
뚫고 들어가
그곳에서
파랗게 하늘이 되었습니다
오늘 생긴
하늘의 또 다른 두께가 되었습니다

몸과 다리

길이 다시 길로 구부러지고
새가 두 다리를 숨기고 땅 위로 날아오르고
메꽃이 메꽃을 들고 산기슭을 기고
개미 한 마리가 개미의 다리로 길을 건너가고

그때 길 밖에서는
돌멩이 하나가 온몸으로 지구를 한 번 굴렸습니다

아이와 망초

길을 가던 아이가 허리를 굽혀
돌 하나를 집어 들었다
돌이 사라진 자리는 젖고
돌 없이 어두워졌다
아이는 한 손으로 돌을 허공으로
던졌다 받았다를 몇 번
반복했다 그때마다 날개를
몸속에 넣은 돌이 허공으로 날아올랐다
허공은 돌이 지나갔다는 사실을
스스로 지웠다
아이의 손에 멈춘 돌은
잠시 혼자 빛났다
아이가 몇 걸음 가다
돌을 길가에 버렸다
돌은 길가의 망초 옆에
발을 몸속에 넣고
멈추어 섰다

그림자와 나무

한 아이가 가고 두 그루 나무가 그림자를 길의 절반까지 풀었다 다른 한 여자 아이가 두 그루 나무 밑에 그림자를 밟아야 하는 길로 오고 그 아이 발밑에서도 그림자는 풀려서 편편하고 부드럽다 여자 아이는 두 그루 나무를 번갈아가며 쳐다보다가 나무를 하나씩 차례로 끌어안고 빙그르 돌았다 두 팔과 두 다리를 벌려 나무를 감고 빙그르 돌면서 허공을 쳐다보며 아, 아, 아, 했다 허공으로 가는 길에 사방으로 뻗고 있는 나뭇가지에 아, 아, 아, 하고 소리가 걸렸다 집집의 대문은 잠겨 있고 담장은 튼튼하고 담장 안쪽의 뜰은 골목보다 깊었다 새가 떠난 새집은 그림자를 가지에 걸쳐 놓고 가지 사이에 혼자 얹혀서도 둥글고 길은 여전히 편편하다

숲과 새

떡갈나무 하나가
떡갈나무로 서서

잎과 줄기를
잎의 자리와 줄기의 자리에
모두 올려놓았다

그 자리와 자리 사이로
올 때도 혼자이더니
갈 때도 혼자인

어치가

날다가
갈참나무가 되었다

해와 미루나무

언덕 위에 미루나무 네 그루가 하늘을 지우고 서 있습니다
첫번째 미루나무는 두번째 미루나무보다 키가 작습니다
두번째 미루나무는 세번째 미루나무와 키가 같습니다
세번째 미루나무는 네번째 미루나무와 키가 같습니다
네번째 미루나무는 첫번째 미루나무보다 키가 큽니다
세번째 미루나무는 까치가 앉아 있는 두번째 쪽으로 몸이 기울었
습니다
두번째 미루나무는 까치가 없는 첫번째 쪽으로 몸이 기울었습니다
첫번째 미루나무는 보이지 않는 언덕의 밑으로 몸이 기울었습
니다
두번째와 세번째 쪽으로 몸이 기운 네번째 미루나무를 향해
몸이 기울지 않은 한 아이가 뛰어가고 있습니다
네번째 미루나무 다음에는 강아지 한 마리가 다섯번째로 서 있습
니다

저 하늘에 있는 해가 구름을 자주 바꾸고 있습니다

강과 둑

　강과 둑 사이 강의 물과 둑의 길 사이 강의 물과 강의 물소리 사이
그림자를 내려놓고 있는 미루나무와 미루나무의 그림자를 붙이고
있는 둑 사이 미루나무에 붙어서 강으로 가는 길을 보고 있는 한 사
내와 강물을 지그시 밟고서 강 건너의 길을 보고 있는 망아지 사이
망아지와 낭미초 사이 낭미초와 들찔레 사이 들찔레 위의 허공과
물 위의 허공 사이 그림자가 먼저 가 있는 강 건너를 향해 퍼득퍼득
날고 있는 새 두 마리와 허덕허덕 강을 건너오는 나비 한 마리 사이

강과 나

강과 나 사이 강의 물과 내 몸의 물 사이 멈추지 못하는 강의 물과 흐르지 못하는 강의 둑 사이 내가 접히는 바람과 내가 풀리는 강물 소리 사이 돌과 풀 사이 풀과 흙 사이 강을 향해 구불거리는 길과 나를 향해 구불거리는 길 사이 온몸으로 지상에 일어서는 돌과 지하로 내려서는 돌 사이 돌 위의 새와 새 위의 강변 사이 물이 물에 기대고 있는 강물과 풀이 풀을 붙잡고 있는 둑 사이 내 그림자는 눕혀놓고 나만 서 있는 길과 갈대를 불러 모아 흔들리는 강 사이

둑과 나

길은 바닥에 달라붙어야 몸이 열립니다
나는 바닥에서 몸을 세워야 앞이 열립니다
강둑의 길도 둑의 바닥에 달라붙어 들찔레 밑을 지나 메꽃을 등
에 붙이고
엉겅퀴 옆을 돌아 몸 하나를 열고 있습니다
땅에 아예 뿌리를 박고 서 있는 미루나무는 단단합니다
뿌리가 없는 나는 몸을 미루나무에 기대고
뿌리가 없어 위험하고 비틀거리는 길을 열고 있습니다 엉겅퀴로
가서
엉겅퀴로 서 있다가 흔들리다가
기어야 길이 열리는 메꽃 곁에 누워 기지 않고 메꽃에서 깨꽃으
로 가는
나비가 되어 허덕허덕 허공을 덮칩니다
허공에는 가로수는 없지만 길은 많습니다 그 길 하나를
혼자 따라가다 나는 새의 그림자에 밀려 산등성이에 가서 떨어집
니다
산등성이 한쪽에 평지가 다 된 봉분까지 찾아온 망초 곁에 퍼질
러 앉아
여기까지 온 길을 망초에게 묻습니다
그렇게 묻는 나와 망초 사이로 메뚜기가 뛰고
어느새 둑의 나는 미루나무의 그늘이 되어 어둑어둑합니다

강변과 모래

강변 모래사장에 아이 넷 있습니다
모두 발가벗었습니다

그 아이 하나 지금 모래사장에 쪼그리고 앉아
지평선에 턱을 괴고 있습니다

그 아이 하나 지금 허리를 구부려
다리 사이에 머리를 거꾸로 넣고 하늘에게
악, 악, 악 하고 있습니다

그 아이 하나 지금 털썩 주저앉아
다리를 벌리고
남근을 넣고 봉분을 쌓고 있습니다

그 아이 하나 지금 길게 누워
두 발을 들어올리고
하늘의 페달을 빙글빙글 돌리고 있습니다

시간이 오후 3시를 지나가고 있습니다

강과 강물

강에는 강물이 흐르고 하늘은
제 몸에 붙어 있던 새들을 모두 떼어내고
다시 온전히 하늘로 돌아와 있고
둑에는 풀들이 몸을 말리며
자기에게로 돌아가고 있다
강가에서는 흐르지 않고 한 여자가 서서
안고 있는 아이에게 한쪽 젖을 맡기고
강이 만든 길을 더듬고 있다
아이는 한 손으로 젖을 움켜쥐고
넓은 들에서 하늘로 무너지는
강을 본다
강에는 강물이 흐르고
물속에서 날개가 젖지 않는
새 그림자가 강을 건너가고 있다

강과 사내

묵묵히 강을 따라가는 길에 서서 한 사내

끝을 지우는 길 하나를 보고 있다

끝을 숨기는 길 하나를 보고 있다

끝을 몸 안으로 말아 넣는 길 하나를 보고 있다

끝을 몸 안으로 말아 넣은 길 하나가

몸을 저녁 밑자락에 묻는 것을 보고 있다

지붕과 벽

어두워지자 골목의 구석에서는 가랑잎을 뒤적이던
바람이 가랑잎 밑에서 잠들었다
몇 개의 가등이 사라지는 길을 다시 불러내고
어둠은 가등을 둘러싸고 자신을 태워 불빛을 지켰다
달이 뜨자 지붕과 벽과 나무의 가지와 남은 잎들이
제 몸속에 있던 달빛을 몸 밖으로 내놓았다
달은 조금씩 다른 자기의 빛들에 환하게 와 닿았다
몸속의 달빛이라 기울어진 지붕에서도 달빛은
한 방울도 밑으로 떨어지지 않았다
달빛을 파면서 밤새 한 마리가 세상을 구십 도로 눕혀 보여주더니
다시 가볍게 제자리로 돌려놓고 가버렸다
잎들 가운데 몇몇은 벽 앞으로 떨어지며
벽이 몸 안에 숨기고 있는 균열을 몸짓으로 그려 보였다
잎이 지나간 뒤 벽은 그러나 달빛만 가득했다

집과 허공

한 사람이 왼쪽으로 고개를 돌리고 서 있었다
지나가던 한 사람이 왼쪽을 보고 있는
사람을 따라 왼쪽으로 고개를 돌리고 서 있었다
몇 사람은 그냥 지나가고
몇 사람은 그냥 지나가지 못한 왼쪽으로
고개를 돌리고 서 있었다
강이 왼쪽 구석에서 출렁했다
왼쪽으로 고개를 돌린 사람들이 있는 허공에는
문이 닫힌 집이 몇 채 그들끼리 있었다

거리와 사내

한 사내가 앞서 가는 그림자를 발에 묶으며
호프집 앞을 무심하게 지나가고 있다
세 사내가 묵묵히 남의 그림자를 길로 밟으며
호프집 앞을 지나가고 있다
길 건너편의 플라타너스 잎 하나가
지나가고 있는 한 사내의 발 앞까지 와서 굴렀다
한 아이가 우와하하 하며
앞만 보고 뛰어갔다

길과 아이들

　묵묵히 길가에 서서, 아득한 길의 밑을 보고 있는 한 사내아이의 뽀얀 이마와, 그 곁에서 한 사내아이를 물끄러미 바라보고 있는 한 계집아이의 까만 눈과, 한 계집아이의 어깨에 손을 얹고 있는 또 다른 한 계집아이의 반쯤 가려진 귀와, 세 아이의 길을 가로막고 서서 길 저쪽을 멍하니 보고 있는 또 다른 한 사내아이의 각이 무너진 턱과, 그 사내아이의 들린 왼손 밑의 들린 겨드랑이와, 엉거주춤 벌어진 한 사내아이의 사타구니와, 한 계집아이의 볼록한 블라우스와, 또 다른 한 계집아이의 반쯤 들린 스커트

　밑으로
　동서 혹은 남북

도로와 하늘

도로 하나가 해 뜨는 쪽에서
해 지는 쪽으로 질주하고 있습니다
아니면 해 지는 쪽에서 해 뜨는 쪽으로
질주하고 있습니다
도로의 양쪽에는 가로수들이 함께 달리며
한 구역씩 맡아 하늘을 들어올리고 있습니다
바람이 어디로 가고 사람도 어디로 가고
도로에는 지금 질주하는 도로만 가득합니다

유리창과 빗방울

빗방울 하나가 유리창에 척 달라붙었습니다

순간 유리창에 잔뜩 붙어 있던 적막이 한꺼번에 후두둑 떨어졌습니다

빗방울이 이번에는 둘 셋 넷 그리고 다섯 여섯 이렇게 왁자하게 달라붙었습니다

한동안 빗방울은 그러고는 소식이 없었습니다

유리창에는 빗방울 위에까지 다시 적막이 잔뜩 달라붙었습니다

유리창은 그러나 여전히 하얗게 반짝였습니다

빗방울 하나가 다시 적막을 한 군데 뜯어내고 유리창에 척 달라붙었습니다

아침과 바람

바람이 잠깐 집에 들렀다
갔습니다 아침 9시가
조금 지난 시간이었습니다
라일락나무 밑은
그 시간 비어 있었습니다
박새 한 마리가 아침 7시에
방문하고 간 뒤였습니다
지금 10시가 살구나무의
몇 개 남지 않은 꽃을 피하며
지나가고 있습니다

꽃과 그림자

앞의 길이 바위에 막힌 붓꽃의
무리가 우우우 옆으로 시퍼렇게
번지고 있습니다
그러나 왼쪽에 핀 둘은
서로 붙들고 보랏빛입니다
그러나 가운데 무더기로 핀 아홉은
서로 엉켜 보랏빛입니다
그러나 오른쪽에 핀 하나와 다른 하나는
서로 거리를 두고 보랏빛입니다
그러나 때때로 붓꽃들이 그림자를
바위에 붙입니다
그러나 그림자는 바위에 붙지 않고
바람에 붙습니다

풀과 돌멩이

단풍나무 밑에 어제 없던 풀 하나 솟았습니다
불두나무 밑에 어제 없던 풀 둘 솟았습니다
목련나무 밑에 어제 있던 풀 둘 뽑았습니다
배롱나무 밑에 어제 없던 풀 하나 솟았습니다
라일락나무 밑에 어제 없던 돌 하나 뽑았습니다
조팝나무 밑에 어제 없던 풀 하나 뽑았습니다

날아가던 나비 한 마리는 허공이 뽑았습니다

그림자와 길

혼자 걸어서 갔다 왔다
명자나무가 숨겨놓은 꽃망울까지
지금은 내 발자국 위에서 꽃망울 그림자가
쉬고 있다
꽃망울 그림자가 꽃망울로 돌아가자면
아직 길이 많이 남아 있다

나무와 잎

언덕에서 나무의 잎들이 서로를 보고 서로를 베끼고 바람은 앞
서가는 바람을 따라 투명한 몸을 맞춘다 나무의 잎들이 보이는 책
상 앞에 앉아 눈부신 백지를 펴놓고 쉬엄쉬엄 육조단경을 베낀다
善知識 我此法門 從上已來 先立無念爲宗 無相爲體 無住爲本 無
相者 於相而離相 無念者 於念而不念 無住者 人之本性 於世間善
惡好醜 乃至寃之與親 言語觸刺欺爭之時 並將爲空 不思酬害 念
念之中 不思前境 若前念今念後念 念念相續不斷 名爲繫縛 於諸
法上 念念不住 卽無縛也 此是以無住爲本 善知識 外離一切相 名
爲無相 能離於相 卽法體淸淨 此是以無相爲體 善知識 전화벨이
문자 위로 쏟아진다 그래도 문자들은 밀리지 않는다 나는 예 예 하
며 於諸境上 心不染曰無念 於自念上 그렇게 베낀다 常離諸境 不
於境上生心 若百物不思 念盡除却 一念絶卽死 別處受生 學道者
思之 나무는 모두 잎에 잠기고도 다시 뿌리에 잠겨 있다 쓰르라미
가 산뽕나무에서 운다 莫쓰不이識오法意 쓰自錯이猶可오 更쓰勸
이他오人 自迷쓰이오不見 동시에 적는다 한동안 쓰이오가 쌓이도
록 자리를 비워둔다 쓰이오 쓰이오 쓰이오 쓰이오⋯⋯ 쓰스으 쓰
르라미는 스스로를 비우고 문자는 이어진다 又謗佛經 所以立無念
爲宗 善知識 云何立無念爲宗 只緣口說見性 迷人於境上有念 念
上便起邪見 一切塵勞妄想從此而生 自性本無一法可得 若有所得
妄說禍福 卽是塵勞邪見 故此法門 立無念爲宗 善知識 無者無何
事 念者念何物 無者無二相 無諸塵勞之心 念者念眞如本性 眞如

卽是念之體 念卽是眞如之用 眞如自性起念 非眼耳鼻舌能念 眞如有性 所以起念 삐이삐이 하고 쇠박새가 운다 나는 귀를 언덕으로 열고 쇠박새를 베낀다 삐이삐이 쯔쯔삐이 쯔쯔삐이 쯔쯔 삐이삐이 쯔쯔삐이삐이 쯔쯔삐이…… 쯔쯔삐이 쯔쯔…… 새소리는 언제나 무심코 끝난다 眞如若無 眼耳色聲 當時卽壞 善知識 眞如自性起念 六根雖有見聞覺知 不染萬境而眞性常自在 外能分別諸色相 內於第一義而不動* 누가 문을 두드린다 나는 문자들을 두고 사람을 만나러 간다 문밖에서는 나보다 먼저 나비가 사람에게 가고 있다

* 육조단경 원문: 홍성사본

하늘과 포도 덩굴

뒤뜰 포도나무
덩굴
혼자
하늘을 건너가고 있다
오늘은 반 뼘

서산과 해

고욤나무가 해를 내려놓자
이번엔 모과나무가 받아든다
아주 가볍게 들고 서서 해를
서쪽으로 조금씩 아주 조금씩 옮긴다
가지를 서산 위에까지 보내놓고 있는
산단풍나무가 옆에서
마지막 차례를 기다리고 있다

9월과 뜰

8월이 담장 너머로 다 둘러메고
가지 못한 늦여름이
바글바글 끓고 있는 뜰 한켠
까자귀나무 검은 그림자가
픽 엎질러져 있다
그곳에
지나가던 새 한 마리
자기 그림자를 묻어버리고
쉬고 있다

국화와 벌

오늘은 정말 가을이어서
국화의 봉오리들이 퍽퍽 벌어졌습니다
어제보다 두 배는 족히 될
벌들이 잉잉거렸습니다
구룡사에서는 반야경 독경 테이프를
다른 날보다 한참 늦게 틀었습니다
늦게 틀어놓은 반야경이지만 그 소리에 얹힌
붉나무 잎 몇몇은
우리 집까지 잘 도착했습니다

나무와 나무들

뜰의 산벚나무 밑에서 뜰의 층층나무와 마가목 밑에서 홍매화와
황매화 밑에서 고욤과 살구 밑에서 모과 밑에서 자귀나무 밑에서
때죽나무 밑에서 석죽과 돌단풍 밑에서 고려영산홍과 배롱나무 밑
에서 조팝나무 밑에서 불두화와 화살나무 밑에서 그들이 산다 이
지상에서

가장 얇고
납작한 나무들

뜰과 귀

뜰의 때죽나무에 이미 와 있는 새와 지금 날아온 새 사이, 새가 있는 가지와 없는 가지 사이, 시든 잎이 있는 가지와 없는 가지 사이, 새가 날아간 순간과 날아갈 순간 사이, 몇 송이 눈이 비스듬히 날아 내린 순간과 멈춘 순간 사이, 지붕 위와 지붕 밑의 사이, 벽의 앞과 벽의 뒤 사이, 유리창의 안쪽과 바깥쪽 사이, 마른 잔디와 마른 잔디를 파고 앉은 돌멩이 사이, 파고 앉은 돌멩이와 들린 돌멩이 사이, 대문의 안쪽과 바깥쪽 사이, 울타리와 허공 사이,

허공 한 구석
강아지 왼쪽 귀와 오른쪽 귀 사이

새와 나무

어제 내린 눈이 어제에 있지 않고
오늘 위에 쌓여 있습니다
눈은 그래도 여전히 희고 부드럽고
개나리 울타리 근처에서 찍히는
새의 발자국에는 깊이가 생기고 있습니다
어제의 새들은 그러나 발자국만
오늘 위에 있고 몸은
어제 위의 눈에서 거닐고 있습니다
작은 돌들은 아직도 여기에
있었다거나 있다거나 하지 않고
나무들은 모두 눈을 뚫고 서서
잎 하나 없는 가지를 가지의 허공과
허공의 가지 사이에 집어넣고 있습니다

발자국과 깊이

어제는 펑펑 흰 눈이 내려 눈부셨고
오늘은 여전히 하얗게 쌓여 있어 눈부시다
뜰에서는 박새 한 마리가
자기가 찍은 발자국의 깊이를
보고 있다
깊이를 보고 있는 박새가
깊이보다 먼저 눈부시다
기다렸다는 듯이 저만치 앞서 가던
박새 한 마리 눈 위에 붙어 있는
자기의 그림자를 뜯어내어 몸에 붙이고
불쑥 날아오른다 그리고
허공 속으로 들어가 자신을 지워버린다
발자국 하나 찍히지 않은
허공이 눈부시다

새와 낮달

지난 겨울은 혹한이었습니다 뜰의 오늘은

죽은 모과나무의 가지에서 새들이 쉽니다
죽은 감나무의 가지에서 낮달이 떠오릅니다
죽은 배롱나무 밑에서 백합이 고개를 듭니다
죽은 포도나무 밑에서 작은 돌이 눈을 뜹니다

돌멩이와 편지

편지를 한 통 받았습니다
눈송이가 몇 날아온 뒤에 도착했습니다
편지지가 없는 편지입니다
편지봉투가 없는 편지입니다
언제 보냈는지 모르는 편지입니다
발신자도 없는 편지입니다
수신자도 없는 편지입니다
한 마리 새가 날아간 뒤에
한 통의 편지가 도착한 것을 알았습니다
돌멩이 하나 뜰에 있는 것을 본 순간
편지가 도착한 것을 알았습니다

편지지와 편지봉투

당신의 편지를 오후에 받았습니다
그래도 햇빛은 뜰에 담기고 많이 남아
밖으로 넘쳤습니다
내 손에서는 사각사각 소리가 났습니다
당신의 편지는 사각 봉투였습니다
사각 봉투 끝은 오후의 배경을 가리켰습니다
당신의 편지는 A4 용지였습니다
A4 용지는 단정하고 깍듯했습니다
A4 용지는 나의 그늘은 잘 담겼지만
바람은 담기지 않았습니다
그래도 두 겹으로 하얗게 접혀 있었습니다

사람과 집

　김종택의 집을 지나 이순식의 집과 정진수의 집을 지나 박일의 집 담을 지나 이말청의 집 담장과 심호대의 집 담장을 지나 박무남의 집 담벽과 송수걸의 집 담벽과 이한의 집 담벽을 지나 강수철의 집 벽과 천길순의 집 벽을 지나 박규수의 집 담벽을 지나 허인자의 집 벽을 지나 한오상의 집 벽과 최일중의 집 벽을 지나 권기덕의 집 벽과 장녹천의 집 벽과 최점선의 집 벽을 지나 이수인의 집 담벽과 이무제의 집 벽을 지나 조민강의 집 담을 지나 박방래의 집 담벽과 오재식의 집 담벽과 신영식의 집 담벽과 전태욱의 집 담벽을 지나 허면의 집 목책과 이종의 집 철책을 지나 김일수의 집 담과 윤난서의 집 담과 김실의 집 벽을 지나 김숙전의 벽과 박성식의 벽과 오재만의 벽과 안범의 벽과 홍숙자의 벽과 고석의 벽과 최수덕의 벽과 문정삼의 벽과 윤인행의 벽을 지나 김대수의 벽 우만식의 벽 이벌의 벽 강진국의 벽 방말자의 벽 조인만의 벽 김영덕의 벽 황규장의 벽 한수태의 벽 박상숙의 벽 오희상의 벽 원호영의 벽 이강본의 벽 전무연의 벽 김말영의 벽 권오항의 벽 남희선의 벽을 지나

봄밤과 악수

　문 앞에서 다른 문이 되어 웃고 서 있는 박만식과 악수를 하고 문
뒤에서 몸 반을 지워버린 이훈직과 악수를 하고 오른손을 번쩍 들
어보이는 김종서와 악수를 하고 김종서에게 몸을 반쯤 먹혀버린 박
지수와 악수를 하고 모자를 벗었다 다시 쓰며 손을 내미는 천동복
과 악수를 하고 안경 밑의 눈을 불빛이 가져가버린 장병호와 악수
를 하고 등을 벽에게 맡겨버린 유자강과 악수를 하고 한꺼번에 덤
비는 김중식과 이차중에게 왼손과 오른손을 내밀어 동시에 악수를
하고 왼손으로 사타구니를 추스르는 박수길의 오른손과 악수를 하
고 자기 그림자를 밟고 서 있는 최명숙과 남의 그림자를 어깨에 멘
정영자와 악수를 하고 남인숙에게 안겨 있는 방말자와 방말자를 안
고 있는 남인숙과 차례로 악수를 하고 눈을 바닥에 내려놓은 조인
종과 악수를 하고 한 무리를 이루고 있는 이창순과 박찬휘와 주인
환과 김신중과 이민국과 악수를 하고 다른 무리를 이루고 있는 송
상복과 차대식과 양진미와 함학도와 백기준과 악수를 하고 사람들
을 등 뒤에 두고 밖에 차오르고 있는 봄밤을 뒤지고 있는 사공직과
나란히 서서 손이 어두운 악수를 하고

타일과 달빛

　망설이지 않고 신발을 신자마자 성큼 성큼 현관 앞 타일 바닥에 좌아악 깔린 달빛을 밟고 정성수는 가고, 망설이지 않고 앞서가는 남편 정성수를 따라 급히 신발을 찾아 신고 현관 앞 타일 바닥에 좌아악 깔린 달빛을 밟고 이남경은 가고, 떠날 준비를 마친 유방숙은 남편 김찬제가 신발을 신고 일어설 때까지 기다려 팔짱을 끼고 현관 앞 타일 바닥에 좌아악 깔린 달빛을 밟고 나란히 가고, 혼자 왔다 혼자 가는 조동기는 느릿 느릿 신발을 신은 뒤 바지 주머니에 두 손을 넣고 현관 앞 타일 바닥에 좌아악 깔린 달빛을 밟고 잠깐 서서 하늘 한번 쳐다보고 가고, 마주 보고 쪼그리고 앉아 신발을 신은 김종태와 가숙경 부부는 일어날 때도 함께 일어나 현관 앞 타일 바닥에 좌아악 깔린 달빛을 함께 밟고 가고, 뒤를 돌아보며 박무석과 그의 아내 허진숙은 신발을 급히 끌며 현관 앞 타일 바닥에 좌아악 깔린 달빛을 밟고 둘이 함께 허리를 구부려 신발을 고쳐 신고 가고, 갈 준비를 끝내고 서 있는 장지관 앞에서 김정희는 스커트를 한번 쓸어내리고 장지관은 김정희의 허리를 껴안고 현관 앞 타일 바닥에 좌아악 깔린 달빛을 밟고 웃으며 가고

서후와 길

두물머리에서 강을 따라가지 말고
산으로 가야 있는 길로
진선이들 넷이 서후로 왔다 갔다
해를 머리에 이고 왔다가 등에 지고 갔다
강이 흐르는 곳으로 다시 가야 하는
서후의 길 위에서
해를 등에 지고도 깔깔거렸다
낯선 태영이 남편도 아직은 푸른 산단풍나무의
잎 하나를 등에 붙이고 갔다

포도와 멜론만 남았다

접시와 오후

붉고 연하게 잘 익은 감 셋
먼저 접시 위에 무사히 놓이고
그 다음 둥근 접시가
테이블 위에 온전하게 놓이고
그러나 접시 위의
잘 익은 감과 감 사이에는
어느 새 '사이'가 놓이고
감 곁에서 말랑말랑해지는
시월 오후는
접시에 담기지 않고
밖에 놓이고

눈송이와 전화

한 죽음을 불쑥 전화로 내게 안기네
창밖에 띄엄띄엄 보이는 눈송이를 따라 내리다가
내리다가 돌에 얹혔다가 허물어졌다가 마른 풀에 얹혔다가
나뭇가지에 얹혔다가 흙에 얹혔다가 스며들다가
물끄러미 아직 수화기를 내려놓지 못한
내 손을 보네

집과 주소

종일 쌓이지 않고 흩날리는 눈송이가 공중에서 깨끗하게 잠적하고 있는 겨울입니다

마을의 김장호가 지상에서 지하로 주소를 옮긴 지 사십구 일이 되는 겨울입니다

사십구재를 지낸다는 절로 가는 앞산의 길이 그래도 텅 비어 있고

잡목림의 산뽕나무로 주소를 옮기는 오목눈이들이 와글대는 겨울입니다

느닷없이 나타난 군용 헬리콥터 소리에 달라붙어 골짜기의 별장지대로 승용차 여섯 대가 가고

젊은 두 여자가 집을 찾아와 천국까지 함께 가자고 현관에서 버티고 섰다가 가자

요즘 통 소식이 없던 어치가 나타나 늙은 밤나무에 앉더니 여전하게 똥을 눕니다

모자와 겨울
— 김준오 선생께

새가 언덕에서 지나가는 구름을 자주 보는 겨울입니다

텅 빈 밭에는 햇볕이 흙에 달라붙고

논에는 고인 물에 하늘이 버려져 있는 겨울입니다

마을 앞은 여름에 무너진 자리가 한 번 더 무너지고

엉겅퀴가 무리 지어 서 있던 자리에는 바람만 남고

어쩌다가 밖에 나온 사람도 길에 있지 않고

버려진 모자 하나 길 위에 얼고 있는 겨울입니다

사진과 명자나무
―김원일에게

　우측으로 셋 좌측으로 셋 이렇게 막 耳順이 된 남자가 잡고 있는
중심의 좌우측에서 한 가족이 눈의 방향을 서로 잘 정돈하고 있다
한 남자의 뒤 어디에서 조용하게 시냇물 흐르는 소리가 빠져나오고
있다 우측의 아들과 사위 좌측의 딸은 이 물소리에 잘 담기는 눈을
가지고 있다 부인은 웃지 않고도 눈이 따뜻하다 어른들의 눈을 따
라잡느라고 큰 외손은 약간 긴장하고 있다 아직 사람의 땅을 모르
는 어린 둘째 외손은 혼자 다른 행성에서 눈을 반짝인다 사진에는
2002년이라 적혀 있다

　뜰에는 잘 자란 명자나무 한 그루가 있다
　꽃들은 모두 한 번 정한 방향을
　바꾸지 않고 붉게 피고 있다

집과 소식

오늘은 울타리 밑을 헤집던 박새가
느닷없이 불두화 쪽으로
두어 걸음 가다가는 조용히 걸음을 멈추었습니다
아무도 오지 않았는데 자귀나무 허리가
한동안 훤해지고
잔디밭에서는 조약돌 하나가
키를 낮추고 솟았습니다
낯선 사람 몇몇이 집 앞에 멈추더니
지붕 밑에서 반짝이는 흰 벽을
우두커니 서서 보고 갔습니다

두두
2008

그대와 산
―서시

그대 몸이 열리면 거기 산이 있어 해가 솟아오르리라, 계곡의 물
이 계곡을 더 깊게 하리라, 밤이 오고 별이 몸을 태워 아침을 맞이
하리라

봄과 밤

어젯밤 어둠이 울타리 밑에
제비꽃 하나 더 만들어
매달아놓았네
제비꽃 밑에 제비꽃의 그늘도
하나 붙여놓았네

4월과 아침

나무에서 생년월일이 같은 잎들이
와르르 태어나
잠시 서로 어리둥절해하네
4월 하고도 맑은 햇빛 쏟아지는 아침

봄날과 돌

어제 밤하늘에 가서 별이 되어 반짝이다가
슬그머니 제자리로 돌아온 돌들이
늦은 아침잠에 단단하게 들어 있네
봄날 하고도 발끝마다 따스한
햇볕 묻어나는 아침

봄과 나비

나비 한 마리 급하게 내려와
뜰의 돌 하나를 껴안았습니다

베고니아와 제라늄

햇살 환한 베란다의
창턱에는
베고니아와
아이비 제라늄
그리고
캡이 찌그러진
브래지어

라일락과 그늘

수놈 강아지가 뒷다리 한쪽을 들고
머리는 아랫배에 붙이고
성기를 핥고 있다
라일락 나무의 보랏빛
그늘에
혼자 누워

강 건너

벗고개에는
산오리나무
갈림길에는
표지판 위의 문호와
서후
그리고 대지에는
애기똥풀과
조팝나무

꽃과 꽃나무

노오란 산수유꽃이

폭폭, 폭,

박히고 있다

자기 몸의 맨살에

나무와 햇볕

산뽕나무 잎 위에 알몸의 햇볕이
가득하게 눕네
그 몸 너무 환하고 부드러워
곁에 있던 새가 비껴 앉네

조팝나무와 새떼들
── C형에게

조팝나무에게 흰 피가 도는

사월

그리고

하순

하늘에
쏟아지는 새떼들

빗소리

후두두두둑—
뜰을 두들기는 빗소리에
동과 서
남과 북
사방으로 튀는
깝죽새의 울음

아이와 강

아이 하나 있습니다
강가에

아이 앞에는 강
아이 뒤에는 길

층층나무와 길

바위 옆에는 바위가
자기 몸에 속하지 않는다고
몸 밖에 내놓은
층층나무
한 그루가 있습니다
붉나무도
한 그루 있습니다

산과 길

여러 곳이 끊겼어도
길은 길이어서
나무는 비켜서고
바위는 물러앉고
굴러 내린 돌은 그러나
길이 버리지 못하고
들고 있다

덤불과 덩굴

강 건너 돌무덤
강 건너 돌무덤 옆에
돌무덤
옆에
강 건너 여자
옆에
강 건너 애기똥풀

여름

잡목림의 가장자리에
바지를 내린 젊은 여자가
쪼그리고 있다
여자 엉덩이를
빤히 쳐다보고 있는
덤불 속의 산몽화(山夢花)

여자와 굴삭기

밭에서 일하는 여자의
치마 밑까지 파며
굴삭기 소리 천천히 강을 건너온다

한낮

허름한
농가에 털썩 기대놓은
우편물 집배원의
빨간 오토바이
그 위로 매미 울음소리 하나 지나가다
잠시 걸터앉아
'매 —' 해보고 가네

식빵과 소리

식빵을 얇게 썰어
살짝 굽는다
한 조각 위에
버터를 바르고
한 조각을 덧씌워
종이 냅킨으로 감싸 쥔 뒤
아, 하고
입 가득 넣고 깨문다

바싹!

오후
그리고
4시

저녁

저녁 허공을
가로질러 가다
질긴
들불의 연기 한 줄기
군용 헬리콥터
발목을 감고 가네

길과 길바닥

풀 한 포기와 나 사이
가을의

돌
하나

풀과 돌멩이

길 위의 돌멩이 하나
무심하게 발이 차네
발에 차인 돌멩이
길 옆 풀들이
몸으로 가려 숨기네
그 순간
내 발 아프네

쥐똥나무와 바람

쥐똥나무 울타리에 9월이 세워둔 바람이
나무와 나무 사이 서늘한 그늘에
뻣뻣하게 서 있다

발자국과 길

나무 밑에는 그늘과
그늘에서 뭉개지다가 남은 발자국
그곳으로 가는 길

새와 그림자

딱새 한 마리가 잡목림의
산뽕나무에 앉아
가지를 두 발로 내리누르고 있다
딱새의 그림자도
산뽕나무에서 내려가지 못하고
가까운 줄기에 바짝 붙어 있다

새와 날개

가지에 걸려 있는 자기 그림자
주섬주섬 걷어내 몸에 붙이고
새 한 마리 날아가네
날개 없는 그림자 땅에 끌리네

나무와 허공

잎이 가지를 떠난다 하늘이
그 자리를 허공에 맡긴다

바람과 발자국

눈이 자기 몸에 있는 발자국의
깊이를 챙겨간다
미처 챙겨가지 못한 깊이를 바람이
땅속으로 밀어 넣고 있다

겨울 a

콩새가 산수유나무 밑을 뒤지고
오목눈이들이 무리 지어 언덕에서 풀씨를 뒤질 때

식탁 위의 감자튀김(올리브유에 튀긴)
내가 뒤지는

겨울 b

배추김치를 텃밭 한구석에 묻고
파김치를 그 옆에 묻고

언덕에서는 잡목림 밑에
발자국을 묻고 있는 지빠귀

지빠귀와 잡목림

바스락 소리 한 번에 한 발짝씩
겨울을 가던 잡목림의 지빠귀
문득 사라진 바스락 소리 밑에
잔설에 젖고 있는 낙엽

눈과 물걸레질

눈송이들이 조심조심 가지에 앉아 쉬다가
몸을 바꾸어 어디론가 떠나가고 있다
떠나갈 때는 앉았던 자리 모두
깨끗이 치워
물걸레질한 흔적이 한나절 더
남아 있다

고요

라일락 나무 밑에는 라일락 나무의 고요가 있다
바람이 나무 밑에서 그림자를 흔들어도 고요는 고요하다
비비추 밑에는 비비추의 고요가 쌓여 있고
때죽나무 밑에는 개미들이 줄을 지어
때죽나무의 고요를 밟으며 가고 있다
창 앞의 장미 한 송이는 위의 고요에서 아래의
고요로 지고 있다

아이와 새

나무 한 그루가 몸을 둥글게 하나로
부풀리고 있다
그 옆에 작은 나무 한 그루도
몸을 동그랗게 하나로 부풀리고 있다
아이 하나가 두 팔로
동그랗게 원을 만들어보다가 간다
새 두 마리가 날아오더니
쏙쏙 빨려 들어가 둥근 나무가 된다

빗방울

빗방울이 개나리 울타리에 숍 – 숍 – 숍 – 숍 떨어진다

빗방울이 어린 모과나무 가지에 롭 – 롭 – 롭 – 롭 떨어진다

빗방울이 무성한 수국 잎에 톱 – 톱 – 톱 – 톱 떨어진다

빗방울이 잔디밭에 홉 – 홉 – 홉 – 홉 떨어진다

빗방울이 현관 앞 강아지 머리에 돕 – 돕 – 돕 – 돕 떨어진다

강변

잠자리들이 허공에 몸을 올려놓고 있다

뜰에는 고요가 꽉 차 있다

잠자리들이 몸으로 부딪쳐도 뜰의 고요는 소리가 나지 않는다

쓰르라미가 쓰— 하고 울려다 그만두어버린다

여름

강변에 오토바이를 세워놓고 집배원이
소변을 보고 있다
물줄기가 들찔레를 흔들면서 떨어진다
근처에 있던 뱀이 슬그머니
몸을 감춘다
강은 물이 많이 불었다

오후

아침에는 비가 왔었다
마른번개가 몇 번 치고
아이가 하나 가고
그리고
사방에서 오후가 왔었다
돌풍이 한 번 불고
다시 한 번 불고
아이가 간 그 길로
젖은 옷을 입고 여자가 갔다

길

길에 그림자는 눕고 사내는 서 있다
앞으로 뻗은 길은 하늘로 들어가고 있다
사내는 그러나 길을 보지 않고 산을 보고
사내의 몸에는 허공이 달라붙어 있다
옷에 붙은 허공이 바람에 펄럭인다
그림자는 그러나 길이 되어 있다

해가 지고 있었다

이름 모르는 새가 와서 울었다
배롱나무에서 울었다
배롱나무는 죽었지만 반짝였다
울고 난 새가 그늘에 묻힌
작약이 흔들리는 것을 보았다
고개를 돌려
서산을 반쯤 가린 불두화를 보았다
반쯤 남은 서산을 보았다
그리고 새가 다시 울었고
해가 지고 있었다

처서

오후 2시 생협에서 야채 배달을 왔다
개나리 울타리에서 박새가 햇볕을 비집고 솟아올랐다
3시에는 집배원이 오토바이 굉음을 울리며 왔다
우리 집 우편함에 무엇인가 넣었다
집배원이 가자 새로 이사 온 앞집 아이가
사방을 두리번거리더니 우편함을 덜컥 열었다
그러다가 비가 아주 잠깐 왔다

빛과 그림자

외딴 집이 자기 그림자를 길게 깔아놓고 있다
햇빛은 그림자 안으로 들어가지 않고
밖으로 조심조심 떨어지고 있다
바람도 그림자를 밀고 가지 않고 그냥 지나간다
그림자 한쪽 위로 굴러가던 낙엽들도 몸에 묻은
그림자를 제자리에 두고 간다

쑥부쟁이

길 위로 옆집 여자가 소리 지르며 갔다
여자 뒤를 그 집 개가 짖으며 따라갔다
잠시 후 옆집 사내가 슬리퍼를 끌며 뛰어갔다
옆집 아이가 따라갔다 가다가 길 옆
쑥부쟁이를 발로 툭 차 꺾어놓고 갔다
그리고 길 위로 사람 없는 오후가 왔다

구멍 하나

구멍이 하나 있다 바닥이 보이지 않는

지나가는 새의 그림자가 들어왔다가

급히 나와 새와 함께 사라지는 구멍이 하나 있다

때로 바람이 와서 이상한 소리를 내다가

둘이 모두 자취를 감추는 구멍이 하나 있다

가을이 왔다

대문을 열고 들어오지 않고 담장을 넘어
현관 앞까지 가을이 왔다
대문 옆의 황매화를 지나
비비추를 지나 돌단풍을 지나
거실 앞 타일 바닥 위까지 가을이 왔다
우리 집 강아지의 오른쪽 귀와
왼쪽 귀 사이로 왔다
창 앞까지 왔다
매미 소리와 매미 소리 사이로
돌과 돌 사이로 왔다
우편함에서 한동안 머물다가 왔다
친구의 엽서 속에 들어 있다가
내 손바닥 위에까지 가을이 왔다

부처

남산의 한 중턱에 돌부처가 서 있다
나무들은 모두 부처와 거리를 두고 서 있고
햇빛은 거리 없이 부처의 몸에 붙어 있다
코는 누가 떼어갔어도 코 대신 빛을 담고
빛이 담기지 않는 자리에는 빛 대신 그늘을 담고
언제나 웃고 있다
곁에는 돌들이 드문드문 앉아 있고
지나가던 새 한 마리 부처의 머리에 와 앉는다
깃을 다듬으며 쉬다가 돌아앉아
부처의 한쪽 눈에 똥을 눠놓고 간다
새는 사라지고 부처는
웃는 눈에 붙은 똥을 말리고 있다

새가 울지 않고 지나갔다

오전 내내 그는 갈참나무에 기대고 앉아
허공에 잠긴 갈참나무가 되어 있었다
그의 옆에서 돌들도 조용했다
오후 내내 그는 갈참나무 근처를 오가며
서성거리는 갈참나무가 되어 있었다
바람은 불지 않았다
새 한 마리 울지 않고 지나갔다
지는 해가 잠깐 눈부셨다

잣나무와 나

뜰 앞의 잣나무로 한 무리의 새가

날아와 자리를 잡고 앉는다

그래도 잣나무는 잣나무로 서 있고

잣나무 앞에서 나는 피가 붉다

발가락이 간지럽다

뒷짐 진 손에 단추가 들어 있다

내 앞에서 눈이 눈이 온다

잣나무 앞에서 나는 몸이 따뜻하다

잣나무 앞에서 나는 입이 있다

마흔여덟 통의 사랑편지와
다른 한 통의 사랑편지

그는 마흔여덟 통의 사랑편지와
다른 한 통의 사랑편지를 남겼다

마흔여덟 통의 사랑편지와
다른 한 통의 사랑편지는
그의 책상 오른쪽
둘째 서랍에 차곡차곡 쌓여 있었다

마흔여덟 통의 사랑편지는
편지지는 간혹 달랐지만
사랑하는 그대여 로 시작해서
그대를 사랑하는 JS 로 모두 끝났다
마흔여덟 통의 사랑편지는
글씨와 색깔은 간혹 달랐지만
사랑하는 그대여 로 시작해서
그대를 사랑하는 JS 로 모두 끝났다
마흔여덟 통의 사랑편지는
내용이 간혹 덧붙여지고
또 간혹 지워졌지만
사랑하는 그대여 로 시작해서
그대를 사랑하는 JS 로 모두 끝났다

마흔여덟 통의 사랑편지와는 달리
다른 한 통의 사랑편지는
나의 사랑 그대여 안녕히 로 시작해서
나의 사랑 그대여 안녕히 JS 로 끝났다

마흔여덟 통의 사랑편지와
다른 한 통의 사랑편지는
편지봉투는 간혹 달랐지만
사랑하는 그대의 주소는 모두 같았다
우체국 소인이 찍히지 않은
우표가 붙어 있었다

제목 색인

* 로마자는 권수를, 아라비아 숫자는 페이지 수를 나타냄.

ㄱ

「꽃」의 패러디 I-252

가끔은 주목받는 生이고 싶다 I-396

가나다라 I-168

가을 II-280

가을이 왔다 II-444

간판이 많은 길은 수상하다 II-36

강 II-209, 283

강 건너 II-406

강과 강물 II-362

강과 나 II-359

강과 둑 II-358

강과 사내 II-363

강변 II-435

강변과 모래 II-361

개똥참외 II-97

개봉동과 장미 I-109

개봉동의 비 I-222

거리와 사내 II-366

거리의 시간 II-167

거울 또는 사실에게 I-325

겨울 a **Ⅱ-428**

겨울 b **Ⅱ-429**

겨울 나그네 **Ⅰ-70**

겨울숲을 바라보며 **Ⅰ-207**

경복궁 **Ⅰ-169**

계획서를 보며 **Ⅱ-318**

고려 영산홍 **Ⅱ-257**

고요 **Ⅱ-432**

고통이 고통을 사랑하듯 **Ⅰ-156**

고향 사람들 **Ⅰ-113**

골목 1 **Ⅱ-217**

골목 2 **Ⅱ-218**

골목과 아이 **Ⅱ-347**

골목에서 **Ⅰ-236**

空山明月 **Ⅱ-98**

공중전화 **Ⅰ-275**

구둣발로 차고 가는구나 **Ⅰ-355**

구멍 **Ⅰ-262**

구멍 하나 **Ⅱ-443**

9월과 뜰 **Ⅱ-378**

구체적인 얘기를 **Ⅰ-123**

국화와 감나무와 탱자나무 **Ⅱ-296**

국화와 벌 **Ⅱ-379**

귤을 보며 **Ⅰ-331**

그 다음 오늘이 할 일은 **Ⅱ-303**

그 마을의 주소 **Ⅰ-33**

그 말 그대로 **I**-301

그 여자 **II**-42

그 이튿날 **I**-35

그 회사, 그 책상, 그 의자 **I**-172

그것 참, 글쎄…… **I**-289

그것은 나의 삶 **I**-409

그는 아직도 팔굽혀펴기를 하고 있다 **II**-27

그늘 **II**-291

그대와 산 **II**-399

그들이 빛나지 않으므로 **I**-251

그렇게 몇 포기 **I**-284

그리고 그곳에는 **I**-250

그리고 우리는 **I**-88

그림과 나 **II**-176

그림과 나 1 **II**-349

그림과 나 2 **II**-350

그림과 나 3 **II**-351

그림자와 길 **II**-373

그림자와 나무 **II**-355

그의 방 **II**-171

기댈 곳이 없어 죽음은 **I**-81

기울어진 몸무게를 바로잡으려고 **I**-120

길 **II**-438

길 **I**-19, **II**-118, 224, 305

길 밖의 물 **II**-25

길과 길바닥 **II**-420

길과 아이들 **II**-367

길목 **II**-37

김씨의 마을 **I**-125

김해평야 **I**-175

깡통 **II**-94

꽃과 그림자 **II**-165, 371

꽃과 꽃나무 **II**-407

꽃과 새 **II**-255

꽃이 웃는 집 **I**-36

꿈꾸는 대낮 **II**-332

꿈에 물먹이기 **I**-217

끈 **I**-282

ㄴ

NO MERCY **I**-403

나는 부활할 이유가 도처에 없었다 **I**-385

나무 **II**-253

나무 속의 자동차 **II**-309

나무야 나무야 바람아 **I**-320

나무에게 **I**-351

나무와 나무들 **II**-380

나무와 돌 **II**-342

나무와 잎 **II**-374

나무와 해 **II**-254

나무와 햇볕 **II**-408

나무와 허공 II- 426

나비 II-211

나와 모래 II-188

나의 데카메론 I-166

남대문시장에서 I-345

남들이 시를 쓸 때 I-107

내 머리 속까지 들어온 도둑 I-277

내가 꽃으로 핀다면 II-281

너 II-78

네 개의 편지 I-198

노루와 너구리 II-335

누란 II-107

누이 分得 I-312

눈과 물걸레질 II-431

눈물나는 잠꼬대 1 I-218

눈물나는 잠꼬대 2 I-220

눈송이와 전화 II-392

눈의 老化──나이 탓만은 아닙니다 I-408

ㄷ

다라니경 II-51

다섯 개의 寓話 · 1 거울 I-264

다섯 개의 寓話 · 2 노래 I-266

다섯 개의 寓話 · 3 우리집 아이의 장난 I-267

다섯 개의 寓話 · 4 공기 I-269

다섯 개의 寓話 · 5 시계와 시간 **I-271**

단장 1 **I-115**

단장 2 **I-116**

단장 3 **I-117**

단장 4 **I-118**

당신에게 남겨놓은 자리 **I-273**

당신을 위하여 **I-150**

당신의 몸 **II-34**

대낮 **I-56**

대방동 조흥은행과 주택은행 사이 **II-118**

더럽게 인사하기 **I-280**

덤불과 덩굴 **II-414**

도로와 하늘 **II-368**

돌 **II-210**

돌맹이와 편지 **II-385**

冬夜 **I-208**

童話의 말 **I-287**

두 개의 낮달 **II-49**

두 장의 사진 **II-192**

두 風景의 두 가지 이야기 **I-243**

둑과 나 **II-360**

들찔레 **II-229**

들찔레와 향기 **II-161**

들파 **I-40**

등기되지 않은 현실 또는 돈 키호테 略傳 **I-182**

登村童話 **I-293**

따뜻한 그늘 **II**-103

따스한 겨울 **II**-336

떨어져 내린 빛은 **I**-87

뜰 **II**-307

뜰 앞의 나무 **II**-147

뜰과 귀 **II**-381

뜰의 호흡 **II**-145

ㄹ

라일락과 그늘 **II**-405

롯데 코코아파이 C. F. **I**-397

루빈스타인의 초상화 **I**-61

ㅁ

MIMI HOUSE **I**-393

마을을 향하여 **II**-151

마음이 가난한 者 **I**-261

마지막 웃음소리 **I**-84

마흔여덟 통의 사랑편지와 다른 한 통의 사랑편지 **II**-448

만남이 무엇인지도 모르고 **I**-95

말 **I**-342

亡靈童話 **I**-158

맹물과 김씨 **I**-42

明洞 1 **II**-44

明洞 2 **II-45**

明洞 3 **II-46**

明洞 4 **II-47**

明洞 5 **II-48**

몇 개의 불빛만 **I-122**

몇 개의 현상 **I-64**

모래와 코카콜라 **I-389**

모자와 겨울 **II-394**

牧丹 **II-79**

목수네 아이 **II-68**

목캔디 **II-58**

몸과 다리 **II-353**

무덤 **II-104**

무릉 **II-138**

無法 **I-352**

무서운 계절 **I-38**

무서운 사건 **I-28**

門 **I-234**

문득 잘못 살고 있다는 느낌이 **I-154**

물과 길 1 **II-130**

물과 길 2 **II-131**

물과 길 3 **II-132**

물과 길 4 **II-133**

물과 길 5 **II-134**

물물과 나 **II-243**

물물과 높이 **II-206**

物證 II-31

民畵 1 II-179

民畵 2 II-181

民畵 3 II-183

밀양강 I-309

ㅂ

바다로 가는 길 II-63

바다에 닿지는 못하지만 I-86

바다의 길목에서 I-329

바닷가 마을 II-289

바람과 발자국 II-427

바람은 뒤뜰에 와 I-110

바람은 바람의 마음으로 I-242

바쁜 것은 바람이다 II-65

박새 II-259

朴殷植之墓 II-81

발자국과 길 II-423

발자국과 깊이 II-383

밝은 밤 I-52

밤 1 II-276

밤 2 II-278

밤과 별 II-205

밥그릇과 모래 II-175

방 II-162, 267

房門 **II-101**

방아깨비의 코 **I-177**

방아깨비의 코 **II-331**

버리고 싶은 노래 **I-153**

버스 정거장에서 **I-343**

베고니아와 제라늄 **II-404**

벼랑 **II-227**

別曲 **II-84**

別章 3편 **I-98**

병자호란 **I-164**

보리수 아래 **II-117**

보물섬 **I-160**

보이는 것과 보이지 않는 것 **I-279**

봄 **I-315**

봄과 길 **II-251**

봄과 나비 **II-403**

봄과 밤 **II-400**

봄날과 돌 **II- 402**

봄날의 산 **II-311**

봄밤과 악수 **II-388**

봄을 위하여 **II-322**

不在를 사랑하는 우리집 아저씨의 이야기 **I-224**

부처 **II-246, 445**

분명한 사건 **I-21**

분식집에서 **I-322**

불균형, 그 엉뚱한 아름다움 **I-195**

비 **II**-262

비가 와도 이제는 **I**-91

비가 와도 젖은 자는 **I**-78

비둘기의 삶 **II**-135

비디오 가게 **II**-32

비밀 **I**-92

빈 컵 **II**-87

빈약한 상상력 속에서 **I**-245

빈자리 **II**-244

빈자리가 필요하다 **I**-254

빗방울 **II**-434

빗방울 또는 우리들의 언어 **I**-190

빗소리 **II**-410

빙그레 우유 200ml 패키지 **I**-391

빛과 그림자 **II**-441

빨강 아니 노랑 **II**-334

ㅅ

3월 **II**-269

4월과 아침 **II**-401

4월이여 식탁이여 **II**-20

사내와 사과 **I**-47

사냥꾼의 딸 **I**-406

사당과 언덕 **II**-129

사람과 집 **II**-387

사랑 이야기 I-57

사랑의 감옥 II-43

사랑의 기교 1 I-212

사랑의 기교 2 I-214

사랑의 기교 3 I-215

사랑의 대낮 II-22

사루비아와 길 II-263

사막 1 II-29

사막 2 II-30

사방과 그림자 II-201

사진과 나 II-348

사진과 명자나무 II-395

산 II-260, 302

산 a II-248

산 b II-249

산과 길 II-413

살아 있는 것은 흔들리면서 I-89

살풀이 I-303

삼월 I-48

상사뒤야 1 I-229

상사뒤야 2 I-230

상징의 삶 II-195

새 II-164

새가 울지 않고 지나갔다 II-446

새와 그림자 II-424

새와 길 II-212

새와 나무 II-298, 382

새와 날개 II-425

새와 낮달 II-384

새와 집 II-236

새콩덩굴과 아이 II-230

색깔이 하나뿐인 곳에서의 人間의 노래 I-298

序 1 I-103

序 2 I-105

序 3 I-106

서산과 해 II-377

서울 · 1984 · 봄 I-334

서쪽 마을 I-54

서쪽 숲의 나무들 I-17

서후와 길 II-390

세계는 톡톡 울리기도 한다 II-57

세헤라쟈드의 말 II-113

소년과 나무 II-159

소리에 대한 우리의 착각과 오류 I-163

소주 한잔하게 하소서 I-305

손 II-112

頌歌 I-209

송충이 I-353

수수빗자루 장수와 가랑잎 II-300

순례 序 I-75

숲과 새 II-356

숲속 II-173

숲속에서는 **II-314**

詩 **I-102**

시간의 사랑과 슬픔 **I-285**

시월 俗說 **II-185**

詩人 久甫氏의 一日 1 **I-357**

詩人 久甫氏의 一日 10 **I-376**

詩人 久甫氏의 一日 11 **I-380**

詩人 久甫氏의 一日 12 **I-381**

詩人 久甫氏의 一日 13 **I-382**

詩人 久甫氏의 一日 14 **I-383**

詩人 久甫氏의 一日 2 **I-360**

詩人 久甫氏의 一日 3 **I-363**

詩人 久甫氏의 一日 4 **I-365**

詩人 久甫氏의 一日 5 **I-367**

詩人 久甫氏의 一日 6 **I-369**

詩人 久甫氏의 一日 7 **I-370**

詩人 久甫氏의 一日 8 **I-371**

詩人 久甫氏의 一日 9 **I-373**

시인들 **I-205**

시작 혹은 끝 **II-220**

시흥에서 **I-306**

식빵과 소리 **II-418**

식탁과 비비추 **II-202**

十全路의 밤 **II-82**

쑥부쟁이 **II-442**

씨앗은 씨방에 넣어 보관하고 **I-308**

ㅇ

5월 31일과 6월 1일 사이 **II**-316

WENG WENG **II**-66

아름다움은 남의 나라 **I**-97

아무리 색칠을 해도 **I**-82

아스팔트 **II**-26

아이스크림과 벤치 **II**-235

아이와 강 **II**- 411

아이와 망초 **II**-354

아이와 새 **II**-433

아침 **I**-55

아침과 바람 **II**-370

아침부터 소화가 안 되는 얼굴을 한 꽃에게 **I**-155

아카시아 **II**-106

아프리카 **I**-307

안개 **II**-207

안과 밖 **II**-127

안락의자와 시 **II**-121

애인을 찾아서 **II**-157

양지꽃과 은박지 **II**-225

양철 지붕과 봄비 **II**-343

어느 마을의 이야기 **I**-114

어둠은 자세히 봐도 역시 어둡다 **I**-238

어둠의 힘 **I**-94

어떤 感動派 **I**-296

어떤 개인 날의 葉書 **I**-299

어떤 도둑 **I-295**

여름 **II-415**

여름 **II-436**

여름 한나절 **II-294**

여름에는 저녁을 **II-271**

여자와 굴삭기 **II-416**

여자와 아이 **II-228**

역사를 찾아서 **II-80**

염소와 뿔 **II-258**

오늘 **I-387**

오늘과 아침 **II-250**

오늘의 메뉴 **II-19**

오후 **II-437**

오후와 아이들 **II-219**

외곽 **II-168**

용산에서 **I-149**

雨季의 시 **I-68**

우리 시대의 純粹詩 **I-255**

우리가 기다리는 것은 **I-93**

우리는 어디서나 **I-316**

우리들의 어린 王子 **I-281**

우리집의 그 무엇엔가 **I-240**

우주 1 **II-152**

우주 2 **II-153**

우주 3 **II-154**

우주 4 **II-156**

운동 **I**-319

웃음 **I**-112

원피스 **II**-24

유다의 부동산 **I**-170

유리창과 빗방울 **II**-369

육체의 마을 **I**-44

이 가을에는 **I**-124

이 시대의 순수시 **I**-173

이 시대의 죽음 또는 우화 **I**-232

이른 봄날 **II**-287

이반 데니소비치의 하루 **I**-384

이상한 새 **II**-23

이토록 밝은 나날 **II**-71

인식의 마을 **I**-60

일요일 아침 **II**-293

입구 **II**-123

ㅈ

자바자바 셔츠 **I**-400

자작자작 **II**-252

잘생긴 노란 바나나 **II**-174

잠자리와 날개 **II**-247

잡풀과 함께 **II**-186

잣나무와 나 **II**-447

장미와 문 **II**-226

저 여자 II-40

저기 푸른 하늘 안쪽 어딘가— II-119

저녁 II-419

저녁때 I-119

적막한 지상에 I-80

절과 나무 II-245

절벽 II-92

접시와 오후 II-391

정든 땅 언덕 위 I-23

정방동에서 I-323

젖지 않는 구두 II-53

제라늄, 1988, 신화 II-60

제비꽃 II-160

제주도 I-276

조그만 돌멩이 하나 II-286

조주의 집 1 II-140

조주의 집 2 II-141

조주의 집 3 II-143

조팝나무와 새떼들 II-409

주인의 얼굴 I-62

죽고 난 뒤의 팬티 I-274

쥐똥나무와 바람 II-422

즉흥곡 I-63

지는 해 II-158

지붕과 벽 II-364

지붕과 창 II-213

지빠귀와 잡목림 **II-430**

진실로 우리는 **I-90**

짐승의 시간 **II-70**

집과 길 **II-124**

집과 소식 **II-396**

집과 주소 **II-393**

집과 허공 **II-365**

ㅊ

1991. 10. 10 - 10 : 10 ∼ 10 : 11 **II-170**

1994 **II-148**

70년대의 流行歌 **I-290**

7月 素描 **I-272**

참새 **II-273**

책상과 화분과 꽃 **II-274**

처서 **II-440**

처음 혹은 되풀이 **II-237**

초록 스탠드와 빨간 전화기 **II-150**

충무로에서 **I-347**

층계 위에서 **I-327**

층층나무와 길 **II-412**

ㅋ

칸나 **II-242**

커피나 한잔 **I**-152

코스모스를 노래함 **I**-157

콩밭에 콩심기 **I**-202

ㅌ

타일과 달빛 **II**-389

탁탁 혹은 톡톡 **II**-196

테크노피아 **II**-93

토마토와 나이프 **II**-203

ㅍ

편지지와 편지봉투 **II**-386

포근한 봄 **II**-328

포도 덩굴 **I**-59

푸른 잎 속에 며칠 더 머물며 **I**-96

풀과 돌멩이 **II**-372

풀과 돌멩이 **II**-421

풀밭 위의 식사 **II**-99

풀의 집 **II**-91

프란츠 카프카 **I**-407

ㅎ

하나와 둘 **I**-349

하나와 둘 그리고 셋 II-232

하나의 꿈을 위해 II-312

하늘 II-216

하늘 가까운 곳 I-162

하늘 아래의 生 II-21

하늘과 돌멩이 II-204

하늘과 두께 II-352

하늘과 집 II-215

하늘과 침묵 II-346

하늘과 포도 덩굴 II-376

하늘에서 II-320

하늘엔 흰 구름 떠돌고 II-55

한 구도주의자의 고백 I-211

한 그루 나무에서 들리는 소리 II-324

한 나라 또는 한 여자의 길 I-185

한 마리 나비가 날 때 II-329

한 마리 새가 날아간 길 II-326

한 시민의 소리 I-318

한 잎의 女子 I-223

한 잎의 女子 1 II-109

한 잎의 女子 2 II-110

한 잎의 女子 3 II-111

한낮 II-417

해가 지고 있었다 II-439

해와 미루나무 II-357

해태 들菊花 I-390

470

행진 **I-121**

허공과 구멍 **II-344**

허공의 그 무게 **I-83**

현상 실험 **I-49**

현상 실험(別章) **I-27**

현황 B **I-30**

호명하지 않아도 **I-85**

호모 사피엔스 출신 **II-85**

호수와 나무 **II-341**

호텔 **II-208**

환멸을 향하여 **II-86**

환상 또는 비전 **I-189**

환상을 갖는다는 것은 중요하다 **I-179**

黃菊 **I-350**

회신 **I-111**

휠덜린의 그 집 **II-178**

후박나무 아래 1 **II-88**

후박나무 아래 2 **II-89**

후박나무 아래 3 **II-90**

戲詩 **I-165**